WOLFSBISS

DIE GRANITE LAKE WÖLFE
BUCH 6

VIVIAN AREND

Dies ist eine erfundene Geschichte. Namen, Charaktere, Orte und Ereignisse sind entweder das Produkt der Fantasie der Autorin oder werden fiktiv verwendet, und jede Ähnlichkeit mit lebenden oder toten Personen, Geschäftseinrichtungen, Ereignissen oder Örtlichkeiten ist rein zufällig.

Nutzungsvorbehalt KI-Training: Die automatisierte Analyse des Werkes, um daraus Informationen insbesondere über Muster, Trends und Korrelationen gemäß § 44b UrhG („Text und Data Mining") zu gewinnen, ist untersagt.

1

essas Schwanz zuckte.

Mist!

Sie konzentrierte sich stärker und duckte sich tiefer auf den Boden. Die Muskeln entspannt, aber sofort einsatzbereit. Ein tiefer Atemzug folgte dem anderen, während sie versuchte, sich zu beruhigen. Jeder Instinkt schrie, dass sie sich winden und umsehen sollte. Um zu sehen, ob alles an ihr versteckt war.

Doch es hatte sich herausgestellt, dass einige ihrer Katzeninstinkte nicht ganz funktionierten.

In ihrer Pumagestalt war sein Geruch nicht stark genug, um ihn zu riechen, bevor sie seine Schritte hörte, und als sie ihn hörte, gab es kein Entkommen mehr. Ein warmer Körper prallte gegen sie, und gemeinsam rollten sie hinter der Barriere hervor, die sie als Versteck ausgesucht hatte. Doch bevor er sie festhalten konnte, befreite sich Tessa und rannte los.

Gut, vielleicht hatte er sie gefunden, aber er hatte noch nicht gewonnen. Sie nutzte ihre starken Katzenmuskeln, um durch das Labyrinth der Turnhalle zu rennen.

Doch egal wie schnell sie rannte, ihr Verfolger blieb ihr dicht auf den Fersen. Im wahrsten Sinne des Wortes, und als er ihr zum dritten Mal spielerisch das Hinterteil tätschelte, gab Tessa auf. Sie sprang auf den schmalen Vorsprung an der Wand zu, wo sie zuvor gewandelt hatte. Es dauerte nur einen Moment, bis sie wieder menschlich war und sich anzog, bevor sie zu ihrem großen Bruder am Boden zurückkehrte.

Auch Tony hatte gewandelt und fast identische Jeans und ein T-Shirt angezogen wie sie. Sein entspanntes Grinsen neckte sie unter seinem blonden Haarschopf. „Ich würde ja sagen, dass du diesmal besser warst, aber das wäre eine Lüge."

Tessa streckte ihre Zunge heraus. „Eines Tages werde ich gewinnen."

„Träum weiter. Ich bin der König der Katzen, und niemand wird mir meine Krone nehmen."

Sie verdrehte die Augen und gab ein würgendes Geräusch von sich.

Tony schnaubte. „Find dich damit ab, Rotzgöre, deine Fähigkeiten liegen woanders als beim Katz-und-Maus-Spiel."

Und da war die Gelegenheit, auf die sie gewartet hatte. „Richtig. Wo wir von meinen Fähigkeiten sprechen, hast du vergessen, dass ich deine Unterschrift auf diesem Formular für die Bank brauche?"

„Hast du vergessen, dass ich dich für verrückt erklärt habe?"

Tessa band ihre Haare zu einem Pferdeschwanz zusammen und widerstand der Versuchung, ihm erneut die Zunge herauszustrecken. „Du hast es im Laufe der Jahre so oft gesagt, dass ich dachte, es wäre ein Code für ‚*Hey, Schwester, du bist der Hammer*.' Du hast es nicht gesehen,

Tony. Es ist unglaublich. Genau die Art von Laden, die ich leiten möchte. Die Umgebung ist exquisit und schreit geradezu Ökotourismus, was du genauso gut weißt wie ich ..."

„Hör auf. Nicht das Ökogeschäftsding." Tony hielt sich die Ohren zu und stöhnte gespielt gequält vor Schmerz.

Tessa stürzte sich auf ihn, packte ihn an den Unterarmen und zog seine Hände von seinen Ohren. „Öko-öko-öko-öko ..."

Beide lachten, und sie wusste, dass alles gut werden würde. Seit ihrem Abschluss versuchte sie, einen Job zu finden, der ihren Fähigkeiten entsprach. Dass sie leicht seekrank wurde, hatte ihre Option zunichtegemacht, für die Familienkreuzfahrtgesellschaft zu arbeiten, die nur mit Wandlern arbeitete, aber auf ihrer Reise in den Norden hatte sie etwas entdeckt.

Als sie das einzigartige Gebäude zwischen den Bäumen bemerkt hatte, wäre sie vor Aufregung fast ins Meer gesprungen. Sie brauchte ein bisschen mehr Geld, um ihre Ideen in die Tat umzusetzen, und ihr Bruder hatte die Bonität, die ihr dabei helfen würde, sich zu etablieren.

Wenn er bereit wäre, das Risiko einzugehen.

Tony führte sie den Flur entlang zur Cafeteria. „Ich habe mit meinem Blut unterschrieben und meinen Erstgeborenen als Sicherheit versprochen. Alles erledigt. Und ja, ich gebe zu, dass der Ökotourismus-Teil das Verkaufsargument für mich war. Ich unterstütze dich in dieser Sache, Tessa, aber wenn du Hilfe brauchst, frag bitte. Du musst das nicht allein durchziehen."

„Ich kann das. Ich habe die Ausbildung, die Erfahrung. Verdammt, ich habe meinen Abschluss mit besseren Noten gemacht als du."

Er zuckte mit den Schultern. „Du bist ein cleveres

Kätzchen, das muss man dir lassen. Aber, Mädchen, das ist Alaska, wovon wir gerade reden. Wir haben mit den Kreuzfahrtschiffen schon seit Jahren eine Basis im Hafen, aber es gibt nicht viele Katzen in der Gegend. Du wirst die Einzige in der Stadt sein."

Sie blieb abrupt stehen. „Ich weiß nicht, ob ich dich umarmen soll, weil du dir Sorgen machst, oder ob ich dich ohrfeigen soll. Hast du Vorurteile, Tony? Ich hätte das nie gedacht, nicht angesichts der Tatsache, dass du Freunde in den Wolfsrudeln da oben hast und ..."

„Das meine ich nicht." Tony zog sie weiter, und sie ging bereitwillig, obwohl sie verwirrt war, wie er sich aus dieser Sache herausreden würde. „Wandler sind cool, und es ist mir egal, welcher Art sie angehören. Aber die Realität ist, dass wir die Dinge anders angehen. Du weißt das."

„Ja. Ich verwandle mich in einen Puma. Meine beste Freundin Keri wandelt, und – sieh an – sie ist ein Wolf! Anders, oder? Noch mehr Kindergartenweisheiten, die du mir sagen willst, großer Bruder? Denn das ist alles so lehrreich."

„Sei keine Nervensäge."

„Du auch nicht. Also, was versuchst du, mir zu sagen?"

Tony ließ sich auf einen der Plastikstühle in der Cafeteria fallen, der unter seinem Gewicht ächzte. „Also gut. Wölfe. Rudel. In Alaska wimmelt es von Wölfen, die sehr territorial sein können, wenn eine Katze in die Mischung spaziert. Du kannst gut mit Leuten umgehen, Tessa, aber Wölfe können schwierig sein. Vor allem, wenn sie in der Stadt das Sagen haben."

Sie wedelte mit den Fingern. „Pah. Ich habe ihren großen Pooh-Bah getroffen. Er ist supernett. Und Keri hat sich mit einem aus dem Granite-Lake-Rudel gepaart, also habe ich schon einen Fuß in der Tür. Es wird keinen Ärger geben. Wirklich. Ich verspreche, dass ich nicht Amok laufen und keinen Ärger machen werde, egal wie verlockend es auch sein mag."

Tony zog eine Augenbraue hoch. „Eine Stadt voller Hunde, und du verspürst nicht den geringsten Drang, Ärger zu machen?"

All die verrückten Ideen, die ihr einfielen, konnten auf den fehlerhaften Instinkt zurückgeführt werden, den sie zu reparieren versuchte. „Natürlich nicht. Ich bin eine erwachsene Frau. Das ist meine Karriere, und ich bin in der Lage, ein paar Impulse zu unterdrücken."

Ein verrückter Ausdruck huschte über sein Gesicht, und Tessa hob eine Hand. Oh nein, damit würden sie nicht anfangen.

„Vergiss es. Denk nicht einmal daran, mir Ratschläge zu irgendwelchen anderen Trieben zu geben. Ich werde nicht zuhören. Ich werde es nicht hören. Du hörst auf zu existieren ... bla, bla, bla."

Tony seufzte. „Du bist eine Katze."

„Du bist so eine Nervensäge."

„Sie sind Wölfe."

Tessa knüllte ihre Serviette zusammen und warf sie ihm ins Gesicht. „Also, was hast du für das nächste Jahr geplant? Machst du wieder drei Kreuzfahrten? Oder willst du dir im Herbst eine Auszeit nehmen und auf Erkundungstour gehen?"

Ihr Bruder starrte sie so eindringlich an, dass sie hätte schwören können, die Zahnräder in seinem Kopf mahlen zu hören, aber er war schlau genug, das Thema auf sich beruhen zu lassen und über seine Zukunftspläne zu plaudern.

Denn ganz egal, wie offen Wandler mit Sex umgingen, mit ihrem Bruder über Matratzen-Tango zu reden, stand auf der Liste der Dinge, die sie wirklich nicht tun wollte.

Außerdem hatte sie den Punkt, den er ansprechen wollte, schon durchdacht. Das Anwesen, das sie kaufen wollte, lag am Stadtrand von Haines, und Wölfe waren ein fester Bestandteil der Gemeinschaft im Norden. Wölfe genossen wie alle Wandler ihre sexuellen Abenteuer, waren jedoch territorialer und besitzergreifender als die durchschnittliche Katze, sowohl im Bett als auch außerhalb.

Katzen, Bären und andere Wandler wählten Gefährten, wenn die Zeit reif war. Wölfe folgten irgendeinem mystischen Hokuspokus und fanden die wahre Liebe, wenn ihre tierische Seite den oder die Richtige erschnupperte. Was – igitt war. Einfach igitt.

Na ja, vielleicht nicht igitt – sie hatte gesehen, dass es bei ihrer Freundin funktioniert hatte, aber sie wollte noch keinen Gefährten. Sie würde dafür sorgen, dass alle unanständigen Triebe beim Spielen mit Menschen befriedigt wurden. Oder Besuchern der Gegend. Oder mit batteriebetriebenen Freunden – die Liste der Möglichkeiten war endlos.

In dieser Phase des Abenteuers ging es darum, ein erstklassiges Resort im Norden zu etablieren. Und Sex, obwohl er immer Spaß machte, spielte eine untergeordnete Rolle. Tessa nickte vor sich hin und war froh, dass sie das geklärt hatte.

Sie wandte ihre Aufmerksamkeit wieder ihrem Bruder zu und versuchte, sich nicht von ihren Tagträumen über das neue Resort ablenken zu lassen.

～

MARK WEAVER STARRTE seinen Boss bestürzt über den Tisch hinweg an. „Aber –"

„Tut mir leid."

„Ich bin erst seit zwei Monaten hier."

Der ältere Mann seufzte. „Das bedeutet, dass Sie gemäß den Regeln jetzt, wo es ruhiger wird und ich Angestellte entlassen muss, ganz oben auf der Entlassungsliste stehen."

Verdammt. „Dieser Job hat mir Spaß gemacht. Ich habe hart gearbeitet und –"

„Mark, bitte machen Sie es nicht noch schwieriger, als es sowieso schon ist." Mr. Remy schob das Kündigungsschreiben über den Tisch. „Sie sind ein guter Arbeiter, aber ich kann es mir nicht leisten, mehr als zwei Vollzeitkräfte über den Winter zu behalten."

Doppelt verdammt. Mark nickte. „Ich verstehe."

„Wenn Sie im Frühjahr Arbeit brauchen, würde ich Sie gern wieder einstellen. Und ich habe ein Empfehlungsschreiben für Sie." Ein Umschlag lag neben den Entlassungspapieren auf dem Tisch. „Wenn ich Ihnen helfen kann, einen Job zu finden, lassen Sie es mich wissen."

Mark schüttelte dem Mann die Hand, packte seine Sachen und flüchtete in die Herbstsonne. Es war Ende August, und das war eine unerwartete und bittere Wendung. Er stieg auf sein Mountainbike und überlegte, wo er den Rest des wunderschönen, aber beschissenen Tages verbringen wollte.

Hartes, körperlich anstrengendes Training würde helfen. Wenn nichts sonst, würde es seinen Körper aus dem beschissenen Gemütszustand bringen, in dem er sich gerade befand. Verdammt.

Anstatt nach Hause zu fahren, machte er sich auf den

Weg zur gegenüberliegenden Seite der Stadt zum Rudelhaus des Granite Lake-Rudels. Vielleicht wären da noch ein paar andere, die er davon überzeugen könnte, mit ihm einen Ausflug ins Hinterland zu machen. Etwas, das ihn von der Tatsache ablenkte, dass er wieder einmal arbeitslos, bindungslos und unglücklich war.

Das Leben war scheiße. Das war es wirklich.

Es war nicht so, dass er mit dem Finger zeigen und Schuldzuweisungen machen wollte, um glücklicher zu werden. Er hatte einfach Pech gehabt. Seine Bildung hatte ihm nie einen Job verschafft. Die Jobs, die er gefunden hatte, waren direkt vor seiner Nase vom Markt verschwunden. Okay, um ehrlich zu sein, hatte er ein paarmal Mist gebaut, aber insgesamt hatte er den Ruf, hart zu arbeiten, er war ein guter Kerl ... und war trotzdem gefeuert worden.

Er würde nicht gezwungen sein, auf der Straße zu schlafen – sein Familienerbe verhinderte das. Nein, ein Dach über dem Kopf war kein Problem, obwohl das Haus zu einer Art Falle geworden war. Er konnte Haines nicht verlassen, ohne sein mietfreies Zuhause zu verlieren. Er konnte es nicht verkaufen, um sich mit den Mitteln woanders ein Zuhause zu schaffen. Der bürokratische Aufwand war furchtbar frustrierend, und an diesem Morgen hatte er eine Erinnerung bekommen, wie chaotisch seine Wohnumstände waren.

Das schön geschriebene Angebot, sein einzigartiges Haus an einen Öko-Abenteuer-B&B-Entwickler zu verkaufen? Eine tolle Idee, wenn es nicht illegal und damit unmöglich wäre.

Ganz zu schweigen davon, dass er auch an seinen Großvater denken musste.

Er hatte Essen auf dem Tisch – er war nicht faul oder

zu stolz, irgendeinen vorübergehenden Job anzunehmen, um Geld zu verdienen, aber einen richtigen Job? Etwas, woraus er eine Karriere machen könnte? So schwer zu finden wie Nordlicht an einem Sommertag.

Er stellte sein Fahrrad an die Wand des Rudelhauses und schlurfte in den Gemeinschaftsraum. Der Duft frisch gebackener Brownies ließ ihm das Wasser im Mund zusammenlaufen. Weniger als ein Dutzend Rudelangehörige waren da und entspannten sich beim Lesen in Sesseln, während sich ein paar ältere Mitglieder an einem Schachbrett gegenübersaßen.

Missy, die Rudel-Omega, betrat den Raum, zwei große Teller mit Gebäck in den Händen, und er eilte zu ihr, um zu helfen. „Ich werde mich nicht beschweren, aber warum backst du?"

Sie lächelte und schüttelte ihre blonden Locken, als er ihr die Teller abnahm. „Ich habe Tad versprochen, heute im Rudelhaus zu bleiben, und wenn ich hier bin, kann ich genauso gut produktiv sein."

Mark trug das Gebäck durch den Raum, während er über ihre Worte nachdachte. Das war einer der coolsten Aspekte des Granite-Lake-Teams – selbst die oberste Führungsebene war hier und immer involviert. Missy und ihr Gefährte Tad waren mit ihrer jungen Familie beschäftigt, mit ihren eigenen Jobs und kümmerten sich auf ihre seltsame und wunderbare, sensible und gefühlvolle Omega-Art um ihr Rudel, hörten dabei aber nie auf, das zu tun, was getan werden musste.

Als er die Runde gemacht und das restliche Gebäck auf den Tisch gestellt hatte, saß Missy natürlich in einem Sessel an der Seite des Raumes und wartete auf ihn.

Verdammt. Er hätte wissen müssen, dass er ein kleines Gespräch nicht vermeiden konnte. Er ließ sich auf dem

Sessel neben ihr nieder und fragte sich, wie lange er sie von ihrem Vortrag, ihrem Verhör oder was auch immer sie vorhatte, ablenken konnte. „Wo sind deine Kinder?"

Missy wedelte mit dem Finger vor seinem Gesicht. „Versuch es gar nicht erst, Kumpel."

Mark schnaubte. Also nicht lange. „Im Ernst, ich will es wissen."

„Vergiss meine Kinder. Warum bist du um diese Zeit im Rudelhaus und ziehst so ein Gesicht, junger Mann?"

„Gefällt dir dieses Gesicht besser?" Er schloss ein Auge und schnitt eine Grimasse. „Arghh. Mir wurde gekündigt. Runter von der Planke und rein in die Brigg mit mir."

„Oh, Mark. Das tut mir leid. Ich dachte, die Arbeit in der Fabrik macht dir Spaß." Missy lehnte sich in ihrem Sessel zurück und sah ihn mitfühlend an.

„Die Hauptsaison ist vorbei. Du weißt, wie es läuft. Mach dir keine Sorgen, ich komme schon klar. Ich werde bald einen neuen Job finden."

Sie nickte langsam. „Das machst du immer. Das ist kein Problem. Aber ..."

Mark biss in seinen Brownie und wartete. Es gab offensichtlich etwas, das sie ihm sagen wollte. Er starrte aus dem Fenster und dachte über die schwierigste Motorradroute nach, die er nach dieser kleinen Unterhaltung in Angriff nehmen konnte. Death-Drop-Highway? Seine Schenkel würden schreien.

Und das war perfekt.

Eine sanfte Berührung seines Knies lenkte seinen Blick wieder zu Missy, die ihn aufmerksam beobachtete.

Er zwang sich, sich zu konzentrieren. „Was?"

„Ich habe gefragt, ob du jemals darüber nachgedacht hast, dich selbstständig zu machen?"

Eine Welle Adrenalin brandete durch seine Adern. Von

all den Dingen, die sie hätte sagen können, war es das, was er am wenigsten erwartet hätte. „Ähm. Nein."

„Weil du nicht ... was? Du nicht glaubst, dass du es schaffen kannst? Du die Verantwortung nicht willst?"

„Natürlich nicht. Ich meine, ich habe einfach nie daran gedacht." Es war ihr gelungen, alle düsteren Gedanken aus seinem Kopf zu vertreiben und ihn stattdessen bis zum Rand mit Verwirrung zu füllen. „Wie kommst du darauf, dass ich es machen soll?"

Sie zuckte mit den Schultern. „Nun, seit ich beim Rudel bin, habe ich gesehen, dass du viele verschiedene Jobs gemacht hast. Für unterschiedliche Zeiträume, ja, aber sie scheinen alle mit handwerklicher Arbeit zu tun zu haben. Deshalb habe ich mich gefragt, warum du nie deine eigene Firma gegründet und dieselben Dienstleistungen unter deinem eigenen Namen angeboten hast."

Mark spürte, wie etwas Hartes seinen Kiefer traf, und vermutete, dass es der Boden sein musste.

Missy fuhr fort. „Während du vielleicht Phasen haben wirst, in denen weniger los ist, kannst du in der Hauptsaison mehr Geld verdienen als jetzt, wenn du für jemand anderen arbeitest."

Sein Mund wurde trocken.

„Natürlich müsstest du dich um die rechtlichen und finanziellen Aspekte kümmern, aber ..."

Was auch immer sie sonst noch sagen wollte, wurde unterdrückt, als er aufsprang und sie umarmte. „Du bist ein Genie!"

Als er sie wieder losließ, tätschelte sie seine Wange. „Das habe ich schon das eine oder andere Mal gehört. Ich nehme an, das bedeutet, dass ich dir gerade geholfen habe?"

„Oh ja, das hast du." Ideen schossen ihm durch den Kopf. Wahrscheinlich nicht die, von denen sie gedacht hatte, dass sie sie auslösen würde, aber das war in Ordnung. Er suchte nicht länger nach einem Weg, seine schlechte Laune loszuwerden. Jetzt musste er nach Hause und Pläne schmieden. „Stört es dich, wenn ich gehe?"

Sie schmunzelte. „Geh nur. Ich würde dem Erfolg eines Mannes niemals im Wege stehen."

Er ging hinaus, blieb neben seinem Bike stehen und kramte in seinen Taschen. Er hätte schwören können, dass er den Brief dort hineingesteckt hatte, nachdem er ihn am Morgen gelesen hatte.

Er fand das Empfehlungsschreiben. Seine Entlassungspapiere. Eine alte Einkaufsliste. Und endlich den, den er gesucht hatte.

Ein Umschlag und ein Brief auf teurem Briefpapier, der ihn beim Frühstück zum Lachen gebracht hatte. Das unerwartete Angebot, sein Haus zu kaufen. Die potenzielle Käuferin wusste nichts von den Klauseln, die ihre Pläne unmöglich machten.

Aber wenn sie bereit war, das Angebot zu ändern, könnte es einen Mittelweg geben, auf dem sie zusammenkommen konnten. Er konnte zwar nicht verkaufen, aber er konnte sich sein Haus gut als Bed & Breakfast vorstellen.

Mark Weaver, der regelmäßig arbeitslos war, war bereit, Mark Weaver, Chefkoordinator für die Instandhaltung des Resorts zu werden. Und dafür müsste er nicht einmal sein eigenes Zuhause verlassen.

2

Eine Haarsträhne flatterte ihr ins Gesicht, bis Tessa sie hinter ein Ohr steckte. Sie starrte auf die näherkommende Küste. Sie hatte sich dafür entschieden, über das Meer von Skagway nach Haines zu reisen, anstatt die sechs Stunden von Whitehorse aus zu fahren. Dadurch wurde die Reise nicht nur kürzer, es erlaubte ihr auch einen weiteren Blick auf das spektakuläre Haus.

Obwohl der Seegang auf der Fähre gedämpft war, rebellierte ihr Magen. Die Seekrankheit machte es unangenehm, an Deck zu bleiben, aber sie wollte sich noch einmal vergewissern, dass ihre Idee mehr als eine verrückte Fantasie war.

Sie schob sich ein Stück Kaugummi in den Mund und kaute schnell, um sich abzulenken. Es war noch nichts endgültig festgelegt, aber sie hatte eine Entscheidung getroffen. Sie war fest entschlossen, irgendwo in Haines ein B&B zu eröffnen. Sie wollte immer noch dieses Anwesen dafür. Hoffentlich würde der persönliche Kontakt mit diesem Mark Weaver dazu beitragen, die Hürden zu beseitigen, auf die sie gestoßen war.

Seine E-Mail-Antwort auf ihr Angebot, sein Haus zu kaufen, war unerwartet gewesen. Es war kein klares Nein, was gut war, aber sie hatte nicht mit einer „Vielleicht"-Antwort gerechnet. Sie wusste es besser, als seinen Gegenvorschlag sofort abzulehnen. Die besten Geschäftsideen durchliefen normalerweise mehrere Modifikationen, bevor sie zu einem umsetzbaren Konzept führten, also hatte sie ihre Koffer gepackt, den Bullen bei den Hörnern gepackt, *yada, yada, yada,* und die Reise arrangiert, um die Details auf die eine oder andere Weise zu regeln.

Die Fähre verließ den Skagway Inlet, und die Aussicht veränderte sich. Tessa packte das Geländer mit beiden Händen und beugte sich vor, denn sie konnte es kaum erwarten, ihr Ziel zu sehen.

Hier öffnete sich der Skagway Inlet in einen Seitenarm der Pacific Inside Passage. Der Hafen war das Herz von Haines, Häuser und Gebäude wuchsen in ordentlichen Schichten den sanften Berghang hinauf. Spuren der Zivilisation spähten durch die Bäume, die die Straße säumten, während sie sich das Tal hinauf zum fernen Gebirgspass schlängelte. Autofahrer, die diese Route nahmen, würden schließlich Haines Junction und die Kreuzung erreichen, die zurück nach Whitehorse oder den Großteil der Landmasse Alaskas führte.

Ihr Ziel lag weiter östlich. Die Stadt breitete sich weiterhin in einer dünnen Linie entlang der schmalen Straße bis zum Chilkoot Lake aus, der jeden Herbst das Ziel Tausender laichender Lachse war. Der hübsche Fluss, der vom See herabfloss, funkelte im Sonnenschein wie ein Leuchtfeuer. Sie warf einen Blick nach rechts und seufzte, als ihr Ziel in Sicht kam.

Der große Raddampfer stand quer zum Wasser der

Bucht. Zwischen den Bäumen hätte er deplatziert aussehen sollen, aber es war, als ob der Dampfer seine Reise einen Fluss hinauf fortsetzte und der dichte nördliche Wald auf beiden Seiten langsam vorbeizog, während er Fracht und Passagiere zu entlegenen Zielen brachte.

Tessa stützte ihr Kinn in die Hände und lächelte. Das zweite Deck war von einer Reling umgeben, genau wie sie es in Erinnerung hatte. Es wäre perfekt für individuelle Sitzecken in den Kabinen, die sie in erstklassige Zimmer umwandeln würde. Das Dritte hatte einen erhöhten hinteren Bereich, der ihr privater Wohnbereich werden würde, während sich vorn der spektakuläre, verglaste Bereich befand, der das Aushängeschild des gesamten B&B werden sollte.

Sie konnte es sich jetzt schon vorstellen – ein langer Gemeinschaftsesstisch auf der rechten Seite und private Sitzecken und gemütliche Sessel um den riesigen Kamin auf der anderen Seite, den sie am anderen Ende des Raums einbauen lassen würde.

Auf den unteren Decks würde es Wohn- und Unterhaltungsräume geben und Stauraum für alle Outdoor-Spielgeräte, die man sich nur wünschen konnte. Tessa ertappte sich dabei, wie sie auf den Fersen auf und ab wippte, als Ideen ihre Gedanken fluteten.

Das würde so großartig werden, dass sie es kaum erwarten konnte.

Der Raddampfer verschwand hinter den Bäumen, und Tessa kehrte zu ihrem Auto zurück. Zeit, daran zu arbeiten, ihre Pläne umzusetzen, mit Volldampf und so weiter. Sie schaltete ihr Handy wieder ein und blätterte durch die Nachrichten, während sie darauf wartete, dass die Fähre anlegte und das Entladen begann. *Tony, Tony, Eltern, Ex-Freund, ein anderer Typ. Ein anderer. Ihr*

Bruder. Und noch ein Typ, mit dem sie vor Kurzem ein Date gehabt hatte.

Sie löschte, ohne mit der Wimper zu zucken, alle Nachrichten bis auf die von ihrer Familie. Ausgehfreunde machten Spaß, aber es hatte wenig Sinn, mit Männern zu Hause in Kontakt zu bleiben. Haines würde ihr neues Jagdrevier werden, auch wenn sie darauf achten würde, diese Terminologie nicht jemandem gegenüber zu verwenden, der den Humor von Katzenwandlern nicht kannte und liebte.

Es gab einen Namen, den sie zu sehen gehofft hatte. *Kyle Lynus.* Sie wählte die Nummer, wartete und tippte mit ihren manikürten Fingern auf das Lenkrad, während es klingelte.

„Kyle hier."

„Tessa Williams. Wir haben uns im Juli kennengelernt, ich bin Keri Smiths Freundin."

Er lachte. „Ich erinnere mich. Wie ist es dir ergangen, seit du dich ins Trockendock verfrachtet hast?"

Nett. Der Alpha des Granite Lake-Rudels hatte Sinn für Humor. „Ich habe das Segelboot verkauft und meinen Wunsch, allein um die Welt zu segeln, aufgegeben."

„Hört sich nach einem guten Plan an. Wie kann ich dir helfen?"

Tessa ließ den Motor an und folgte der Schlange von Autos, die die Fähre verließen. „Zwei Dinge. Erstens bist du ein Wolf und so, und ich bin eine Katze, aber ich dachte, es wäre höflich, dich wissen zu lassen, dass ich in die Stadt ziehe."

Es folgte eine kurze Pause, bevor er antwortete. „Kein Problem. Granite Lake ist ziemlich aufgeschlossen. Ich bin mir sicher, dass du keine Probleme mit dem Rudel haben wirst. Wenn dir jemand Kummer bereitet, ruf mich an, und ich kümmere mich darum."

Der tiefe, grollende Klang seiner Stimme jagte ihr Schauer über den Rücken. Zu schade, dass er schon vergeben war. Er war wie dieser riesige, sexy Wandler, aber sie wusste es besser, als mit einem Wolf zu spielen, der eine Gefährtin hatte. Sie zog mit ihrem mentalen Stift eine schwarze Linie durch seinen Namen und fuhr fort. „Ich wusste, dass ich mich auf dich verlassen kann. Das habe ich meinem Bruder auch gesagt."

„Zieht er auch hierher?"

War das Sorge, die sie da gehört hatte? Mehr als eine Katze, und die Situation war eine andere? „Nein, nein. Tony dachte nur, dass ich als einzige Katze in der Nähe Anlass zur Sorge geben könnte ... oder täusche ich mich da? Gibt es ein Katzenrudel in Haines, von dem ich nichts weiß?"

Kyle lachte. „Ich denke, Haines ist keine Gemeinde, in der sich ein Rudel niederlassen wollen würde, zu saisonal. Gelegentlich bleiben Pumas oder Luchse für die Sommersaison, aber wenn man bedenkt, dass viele Saisonjobs in der Gegend mit Wasser zu tun haben ..."

„Igitt." Er hatte recht, das wäre für die meisten Katzen ein Problem. Sie bog in die Straße ein, die zum Raddampfer führte, und fuhr mit ihrem Auto knapp über die Geschwindigkeitsbegrenzung. „Okay, keine Katzenrudel dann. Auch kein Problem, ich finde leicht Freunde."

„Das glaube ich gern." Ja, er war jetzt amüsiert. Tessa ignorierte es. Wölfe nahmen sich manchmal viel zu ernst. „Sonst noch was?"

Weiter zu den wichtigeren Themen. „Dir gehört Maximum Exposure, oder? Abenteuertrips, Wanderungen, solches Zeug?"

„Ja. In den nächsten Wochen haben wir außer einem Gletscherausflug nichts geplant, aber wenn du interessiert bist ..."

Tessa lachte und unterbrach ihn so schnell wie möglich. „Warte nicht auf mich. Zumindest nicht im Moment. Ich frage, weil wir vielleicht ins Geschäft kommen könnten. Ich habe vor, ein B&B einzurichten, und möchte den Gästen Ausflüge anbieten. Könntest du dir vorstellen, mit mir zusammenzuarbeiten, dann müsste ich keinen eigenen Guide einstellen und dir Buchungen stehlen?"

Er antwortete nicht sofort, aber als er es tat, kommunizierte er auf Augenhöhe. „Das ist ein guter Gedanke. Wir müssten uns zusammensetzen, um zu sehen, was du dir vorstellst, aber das könnte gut für uns beide sein."

Perfekt. Das war eine ihrer größten Sorgen gewesen, und sie konnte sich bereits vorstellen, dass sie sich einigen würden. „Mein Vater sagt immer, man soll das Rad nicht neu erfinden. Maximum Exposure hat einen ausgezeichneten Ruf. Ich würde mich gerne mit dir treffen, wenn du Zeit hast."

„Ich werde einen Blick in meinen Kalender werfen. Hast du eine E-Mail-Adresse für mich, an die ich dir was schicken kann? Ich schicke dir eine Liste mit Informationen, die ich brauche."

Sie buchstabierte ihm ihre E-Mail-Adresse und starrte auf das Haus, das jetzt auf der anderen Straßenseite von ihr lag. „Ich bezweifle, dass ich bis schon im Frühjahr bereit sein werde, also keine große Eile, aber ich freue mich darauf, von dir zu hören."

Tessa verabschiedete sich und konzentrierte sich darauf, einen Parkplatz für ihr Auto zu finden. Ein weiterer Punkt, den sie ihrer To-do-Liste hinzufügen sollte.

Parkplatz für das B&B – denn im Moment gab es nur Platz für zwei Autos, und sie stand ganz, ganz nah an der Stoßstange des Fahrzeugs vor ihr.

Sie stieg aus und wollte sich unbedingt umsehen.

～

MARK SCHRIEB NOCH ein paar Zahlen auf; der Tisch, an dem er saß, war mit Notizen übersät. Wenn dieser Öko-Projektentwickler morgen kam, würde er bereit sein, sie mit dem Plan zu begeistern. So bereit, dass sie die Schönheit des Vorschlags nicht ignorieren konnte.

O Gott, bitte lass sie sehen, wie brillant diese Idee sein könnte. Während die Alternative darin bestand, einen Handwerkerdienst einzurichten, wäre zu Hause zu arbeiten aus vielen Gründen besser.

Von der Vorderseite des Raumes ertönte ein langer, leiser Pfiff. Als Mark aufblickte, sah er seinen Großvater aus dem Fenster starren, beide Hände gegen das Glas gedrückt, während er aufmerksam auf die Straße blickte.

„Was ist los, Grandpa?"

„Da parkt jemand an deiner Stoßstange. Muss eine Touristin sein, die sich verfahren hat. Ich werde gehen und ihr den Weg zeigen." Grandpa Josiah fuhr sich mit den Händen durchs Haar, bevor er sein Hemd abklopfte. Er schlurfte zum Treppenhaus.

Das war zu seltsam. Mark stand von seinem Stuhl auf und folgte dem alten Mann. „Was soll das heißen, du wirst gehen und ihr den Weg zeigen? Würdest du normalerweise nicht mir sagen, dass ich nach unten gehen und ... Heilige Scheiße!"

Okay, jetzt wusste er, warum sein Großvater bereit war, die Treppe hinunterzugehen. Die schönste Frau, die er je gesehen hatte, stand neben seinem Auto, ihr langes blondes Haar wehte im Wind. Sie trug einen strahlend blauen Pullover, der jede Kurve betonte, und eine figurbetonte Hose, die den Schwung ihrer Hüften umschmeichelte, als sie sich dem Wasser zuwandte.

Er hätte sein Gesicht gegen die Glasscheibe gedrückt, um besser sehen zu können, aber sein Grandpa war da. Stattdessen spielte Mark den Coolen. „Du hast recht, muss sich verfahren haben. Ich werde mich um sie kümmern."

„Schau, ob sie zum Abendessen bleiben möchte. Ich mag Gesellschaft." Grandpa war zum Fenster zurückgekehrt.

„Ich dachte, du gehst zurück zum Rudelhaus, um zu essen."

Der alte Mann grinste. „Wenn sie bleibt, bleibe ich auch."

Mark lachte. „Casanova. Sei nett, alter Mann."

Sein Grandpa winkte kurz ab. „Ah, du weißt, ich mache Witze. Es gibt jedoch nichts Besseres als eine schöne Aussicht, um den Tag eines Mannes zu verschönern. Los, geh der Auswärtigen helfen."

Mark nahm die Treppe zwei Stufen auf einmal und schnaufte leicht, als er die unterste Ebene und den Haupteingang des ungewöhnlichen Hauses erreichte. Er hielt einen Moment inne, warf einen Blick in den Spiegel neben der Tür und fuhr sich mit der Hand durchs Haar. Denn selbst, wenn er ihr nur den Weg erklären würde, wäre es nicht gut, sie abzuschrecken.

Als er nach draußen ging, umwehte ihn die Frische des Herbstes.

Zuhause. Das einzige Zuhause, das er je gekannt hatte. Die Jahreszeiten des Nordens waren vertraut, und er liebte sie, auch den Winter. Die bevorstehenden kalten Tage und langen Nächte machten ihm keine Angst. Nicht, wenn er wusste, dass sein Großvater glücklich war und Essen auf dem Tisch stand.

Im Grunde war er ein einfacher Mann mit einfachen Bedürfnissen.

Es dauerte einen Moment, bis er die mysteriöse Frau fand. Sie war nicht dort, wo er erwartet hatte. Aus irgendeinem Grund war sie auf die Motorhaube ihres Autos geklettert und stand auf den Zehenspitzen, um sein Haus zu betrachten.

Mark hatte noch nie jemanden hier gehabt, der so etwas gemacht hatte. Er ging über die Rasenfläche. „Hallo. Kann ich Ihnen helfen?"

Sie landete auf den Fersen, und ihr strahlendes Lächeln blendete ihn. Leuchtend grüne Augen sahen ihn an, und irgendwo tief in seinem Inneren erwachte sein Wolf knurrend aus dem Schlummer.

„Sind Sie Mark Weaver?"

„Der bin ich."

Sie klatschte in die Hände und hüpfte, wodurch das gesamte Auto zu wippen begann. „Fantastisch. Ich bin Tessa und freue mich sehr, Sie kennenzulernen."

Tessa. Der Name kam ihm nicht bekannt vor, aber er ergriff automatisch ihre ausgestreckte Hand, um ihr dabei zu helfen, von der Motorhaube zu klettern.

Nur sein Instinkt hielt ihn aufrecht, als sie leichtfüßig heruntersprang und neben ihm landete. Der Rest von ihm war ein Bündel ungeplanter Reaktionen, sein Wolf hechtete an die Oberfläche und heulte fast vor Freude. Der Wind erfasste erneut ihr Haar und wehte es um ihr Gesicht. Die Brise trug auch ihren Duft zu ihm, und ihm lief das Wasser im Mund zusammen.

Sein Körper wurde vor Verlangen angespannt. Seine Beine zitterten.

„Ähem."

Mark zuckte zusammen. Tessa stand vor ihm, ihre Finger immer noch in seiner Hand gefangen, ihre Körper berührten sich fast. Irgendwann in den letzten zehn Sekunden hatte er seinen Kopf zu ihrem Hals gesenkt und daran geschnuppert.

Es war, als hätte er eine Flasche Schwarzgebrannten auf Ex getrunken, nur, dass der Kater gleichzeitig mit dem Lustrausch einsetzte.

„Mark, wenn es Ihnen nichts ausmacht, hätte ich gern meine Hand zurück." Sie packte ihn am Handgelenk und befreite sich aus seinem Griff.

Peinlich berührt und gleichzeitig begeistert ließ Mark sie los und zwang sich, an Ort und Stelle zu bleiben, anstatt sich auf sie zu stürzen. Es musste ein Protokoll geben, das ihm nicht bekannt war und das erklärte, wie man reagieren sollte, wenn man seinen Gefährten zum ersten Mal traf.

Seine *Gefährtin*. Ja, seine Eine für alle Ewigkeit, seine vom Schicksal bestimmte Gefährtin, mit der er sich bald paaren würde. Sobald er ein paar Kleinigkeiten herausgefunden hatte, wie zum Beispiel wer sie war, konnten sie sich den wichtigen Dingen zuwenden. Wie sie ins Haus zu tragen und ein Bett zu finden.

Sie strich ihr Haar hinters Ohr und blinzelte, und sein Herz raste. *Geduld, Mark. Geduld ...*

„Tessa. Was führt Sie nach Haines?"

„Ich bin hier –"

Er wollte ihr Zeit geben zu antworten. Wollte sie hineinbitten. Wollte alles Mögliche tun, aber was er tat, war, die Kontrolle zu verlieren. Er machte einen Schritt auf sie zu, legte seine Hand um ihren Nacken und zog sie an sich, damit er sie küssen konnte.

Was auch immer sie ihm hatte sagen wollen, ging verloren, als er seine Lippen auf ihre drückte.

Ihr Geschmack? Ambrosia. Das Gefühl ihres Körpers an seinem? Er war gestorben und in den Himmel gekommen. Sie schmiegte sich fester an ihn, und ihre Brüste rieben seine Brust. Sein Wolf drängte ihn, und er konnte nicht widerstehen und rieb seine Zunge an ihrer, bis Luft zu einem dringenderen Bedürfnis wurde.

Aber der Gedanke, aufzuhören, war undenkbar.

Sein Wolf wollte mehr. Vergiss, sie ins Haus und in ein Schlafzimmer zu bringen, sein Tier wollte, dass er sie hochhob und ihre Beine um seine Taille schlang. Sie auf die Motorhaube legte, und sie hier und jetzt nahm. Sie auszog, in ihrem Duft schwelgte und mit ihr Sex hatte, bis sie beide zu befriedigt waren, um sich zu bewegen.

Auch Marks menschliche Seite fand, dass das meiste davon gut war. Er war so tief in der Lust versunken, dass selbst Sex in der Öffentlichkeit nicht nach einer allzu schlechten Idee klang.

Zwei kühle Hände legten sich auf seine brennend heißen Wangen, während Tessa es schaffte, ihre Lippen zu lösen und sich zurückzuziehen, bis ihr Gesicht wieder zu sehen war. Sie lächelte, aber Verwirrung stand in ihre hübschen Augen geschrieben. „Ähm, Hi. Ich denke, wir sollten nochmal von vorn anfangen. Ich bin Tessa Williams. Ich habe Ihnen ein Angebot zum Kauf Ihres Hauses geschickt."

Der Schock traf ihn wie ein Eimer Eiswasser. Er richtete sich auf. „Das sind Sie? T. Williams?"

Sie befreite sich aus seinen Fängen und strich ihren Pullover glatt. „Die bin ich. Das ist ein wunderschönes

Anwesen. Wir müssen allerdings ein paar Änderungen vornehmen. Wenn es Ihnen nichts ausmacht, dass ich mich umsehe, werden wir uns sicher einigen können."

Mark klappte den Mund zu. Das war der Unternehmer, der sein Haus kaufen wollte? „Sie sollten erst morgen hier sein."

„Ich war zu gespannt darauf, das Anwesen zu sehen, als dass ich noch eine Nacht in Whitehorse warten wollte. Aber wenn es Ihnen lieber ist, können wir bis zu unserem Termin warten." Tessa holte einen kleinen Spiegel und Lippenstift heraus und malte ihre Lippen mit einer feuerroten Farbe nach, über die er sich am liebsten beugen und sie ablecken würde. Er rang mit seinem Wolf, bis er sich unterwarf.

Das störrische Biest wollte nicht reden. *Nehmen will.*

Mark verstand das, aber ... „Wir können das Haus gleich besprechen. Aber zuerst ..."

Sein Wolf drängte ihn weiter, und diesmal war er nicht zu sehr von der Lust abgelenkt, um die Botschaft zu verstehen. Er holte noch einmal Luft und ließ seinen Blick über ihren Körper schweifen. Analysierte, wie sie stand, wie sie sich bewegte.

Tessa verschränkte die Arme, was ihre makellosen Brüste nur noch ein wenig mehr hob. „Ja?"

„Ich bin ein Wolf."

Sie nickte langsam. „Das habe ich ungefähr zwei Sekunden, nachdem ich Sie gesehen habe, herausgefunden. Und das ist wichtig ... weil?"

„Sie sind eine Katze."

Ein süßes Lächeln umspielte ihre saftigen Lippen. „Haben Sie ein Problem damit?"

Mark schüttelte den Kopf, obwohl er sich fragte, wie um alles in der Welt das funktionieren sollte. „Sie sind perfekt."

Sie lachte. „Danke, aber ich bin mir nicht sicher, wie ich zu der Ehre komme."

Gute Güte. Wenn sie ein Wolf wäre, müsste er dieses Gespräch nicht führen. Sie hätten sich kennengelernt und gewusst, dass sie die Richtigen füreinander waren. Doch jetzt schlich sein Wolf weiter auf und ab, und es war ein verdammt unangenehmes Gefühl.

Es muss logischere Wege geben, das zu erreichen, aber sein Logik-Meter war beim ersten Schnuppern aus dem Lot geraten. Die Worte platzten aus ihm heraus wie zielsuchende Raketen.

„Mein Wolf sagt, du bist meine Gefährtin."

Tessas Augen weiteten sich. „Oh, wirklich?"

Er nickte. „Deshalb habe ich mich vorhin sozusagen auf dich gestürzt. Der Kuss und alles."

„Okay, ich hatte mich schon nach dem Grund dafür gefragt." Tessa warf ihm einen flüchtigen Blick zu und zuckte dann mit den Schultern. „Nun, das ist interessant. Willst du sich jetzt oder morgen zusammensetzen, um über meinen Vorschlag zu sprechen?"

Verwirrung vermischte sich mit Sehnsucht und vernebelte sein Gehirn. „Das ist interessant? Das ist alles, was du dazu zu sagen hast, dass ich dir sage, dass wir Gefährten sind?"

Sie hob eine Augenbraue. „Nein, *dein* Wolf hat gesagt, wir sind Gefährten. Meine Katze sagt, du bist irgendwie süß, aber wir haben keine Gefährten wie ihr. Wir stehen nicht auf so spontane Sachen."

Sie machte ihn fertig. „Du sagst, dass du nicht meine Gefährtin sein willst?"

„Willst du mir sagen, dass du mich liebst?", blaffte sie zurück. „Wie in: Du weißt alles über mich. Was meine Hoffnungen und Träume sind. Was mich zum Lächeln bringt oder zum Weinen, und du möchtest den Rest unseres Lebens zusammen verbringen, weil ich dich ganz mache?"

Mark geriet ins Stocken. „Nun, nein. Aber das wird kommen. Bei Wölfen ist das immer so."

Tessa bewegte sich auf ihn zu und legte ihre Hand auf seinen Arm. „Aber ich bin kein Wolf. Ich möchte verliebt sein, bevor ich mich mit jemandem paare. Das ist mir wichtig. Wir treffen eine Wahl, unsere Menschen und unsere tierischen Seiten. Ich versuche nicht, grausam zu sein, aber es tut mir leid. Wir sind keine Gefährten. Auf jeden Fall noch nicht."

---

3

*S*ie fühlte sich schrecklich. Wie ein schrecklicher großer Schulhoftyrann, der einem Kind das Lieblingsspielzeug weggenommen hatte. Zu sehen, wie Mark geradezu schrumpfte, als sie sich zurückzog, war, als würde man zusehen, wie die Regenwolken aufzogen und Leute beim Picknick duschten.

Aber verdammt nochmal. Das war ihr auch wichtig.

Mark riss sich zusammen. Hustete ein paarmal. Dann holte er tief Luft und rümpfte sofort die Nase.

Oh, ihr Duft. Doppelt Mist. „Mach das lieber eine Weile nicht in meiner Nähe", schlug Tessa vor.

Er nickte und streckte seinen Arm aus. „Du hast recht. Aber lass uns die Unterhaltung nach drinnen verlegen. Wir haben viel zu besprechen, und die ganze Zeit auf der Straße zu stehen, ist nicht angenehm. Ich kann dir das Haus zeigen."

Sie packte ihn am Ellbogen. Ihre Hand legte sich um seinen Bizeps, und sie musste lächeln. Schöne Muskeln, die unter seinem Flanellhemd verborgen waren. Breite Schultern. Und sein dunkler Haarschopf schrie: „Fahr mit deinen Fingern durch mich und zerzaus mich." Auch die Länge war perfekt, damit sie etwas zum Greifen hatte, wenn sie ihre Hände hineingrub.

Und diese Augen? Dunkelste dunkle Schokolade mit einem schönen Hauch von ... Gold? ... in den Iriden.

„Ähem."

Erst jetzt wurde ihr bewusst, dass sie ihn angestarrt und sich nicht bewegt hatte. „Ich habe dich nur angesehen."

Mark schnaubte. „Du bist auf jeden Fall ehrlich. Gefällt dir, was du siehst?"

„Oh, auf jeden Fall." Von all den Typen, die auftauchen und verkünden könnten, dass sie Gefährten waren, hatte sie bei diesem hier nichts an der Verpackung auszusetzen. Sie stellte sich auf die Zehenspitzen und strich ihm eine Haarsträhne aus der Stirn.

Er zitterte am ganzen Körper, als ein Schauer seinen Rücken hinunterlief. „Rein? Jetzt bitte?"

„Klar gern." Sie passte sich seinem Tempo an und ließ ihn vorausgehen. Auf dem Weg machte sie sich in Gedanken Notizen über nötige Ausbesserungen und Änderungen. Der Weg musste verbreitert werden, außerdem würde sie auf der linken Seite ein paar Blumenbeete anlegen. Die Außenwände des Schiffes waren allerdings gut gepflegt und, wenn sie sich nicht täuschte, in diesem Sommer frisch gestrichen worden. „Du hast bei der Instandhaltung wirklich gute Arbeit geleistet. Der Raddampfer scheint in einem tollen Zustand zu sein."

„Um ehrlich zu sein, ist es außen besser als innen. Einfache Reparaturen und eine Schicht Farbe sind leicht. Aber drin? Nun, das wirst du gleich sehen." Er öffnete die Tür, und Tessa stürmte begeistert hinein.

Vor ihr war eine gewaltige Treppe, deren breite Stufen zu beiden Seiten von einem Treppenabsatz abzweigten, der knapp über Kopfhöhe sichtbar war. Die Geländer waren aus massiver Eiche, dazu gab es Holzverkleidungen an den Wänden und elegante Kronleuchter funkelten im Sonnenlicht, das durch die Fenster schien.

Sie presste ihre Hände zusammen und hüpfte. Es war genau das, was sie sich erhofft hatte. Das würde der Haupteingang sein. Die Gäste würden von hier aus –

Eine sanfte Berührung beider Schultern brachte ihre Füße wieder in Kontakt mit dem Boden. „Du machst den Staubmäusen Angst."

„Sorry." Tessa drehte sich zu ihm um und zeigte ihre Begeisterung mit einem Lächeln. „Es sieht wunderschön aus. Was gefällt dir drinnen nicht?"

Mark zeigte nach rechts, der Gang erstreckte sich in die Dunkelheit wie der Eingang zu einer geheimen Katakombe. „Chaos in allen Ecken. Meine Familie hat das Schiff für verschiedene Zwecke benutzt, und jedes Mal haben sie nach Belieben Wände eingerissen und neue gezogen. Als ich es geerbt habe, habe ich die beiden unteren Stockwerke aufgegeben und mich darauf konzentriert, das Obergeschoss so zu renovieren, wie ich es wollte."

„Das ist okay." Im Grunde war es brillant. „Es ist sowieso am besten, eine Renovierung entsprechend den aktuellen Bedürfnissen anzugehen. Darf ich mich umsehen?"

Mark bedeutete ihr, weiterzugehen. „Nur zu."

Tessa ging an ihm vorbei und sein anerkennendes *Hmmm*, als ihre Körper aneinander vorbeistrichen, brachte sie zum Lächeln. Okay, sie kannte ihn noch nicht, aber ihn kennenzulernen könnte eine Menge Spaß machen.

Sie spähte durch Türrahmen und um Stützen herum. Obwohl die Wände teilweise an seltsamen Stellen waren, waren hier nicht tonnenweise Müll oder Kisten gelagert. Er war zum Glück kein Horter, was gut war. Wenn man so viel Platz hatte, war es verlockend, ihn bis zu der Decke mit allem möglichen Müll vollzustopfen.

Sie kam zurück und zog ihn zur Treppe. „Mit Chaos hast du recht. Einige der Wände sind windschief. Sind die Tragbalken in Ordnung?"

„Strukturell ist das Schiff genauso solide wie 1910, als es vom Stapel gelaufen ist. Es wurde in den Fünfzigerjahren des letzten Jahrhunderts trockengelegt."

Als sie die Treppe hinaufging, schlug ihr Herz schneller. „Das ist wie eine Reise auf der Titanic."

Mark lachte. „Ich hoffe nicht."

„Oh, ich meinte die Eleganz. Es ist so schön." Sie strich mit den Fingern über die Holzverkleidungen, und Glücksgefühle stiegen in ihr auf. Tessa wirbelte zu ihm herum. „Können wir übers Geschäft reden?"

„Lass uns noch eine Etage höher gehen. Ich mache uns was zu trinken. Dann können wir deinen Vorschlag besprechen."

Es fiel ihr schwer, sich auf irgendwas anderes zu konzentrieren als was man aus diesem unglaublichen Schiff machen könnte. „Sicher. Tut mir leid."

Mark ergriff ihr Kinn. „Hör auf, dich zu entschuldigen. Das ist kein typisches Geschäftstreffen mehr."

Seine Hand war warm und fühlte sich wunderbar auf ihrer Haut an. „Bedeutet dieser Gesichtsausdruck, dass du vorhast, mich nochmal zu küssen?"

Er richtete sich ein wenig auf und war gerade dabei, sich zu ihr vorzubeugen – wahrscheinlich, um sie zu küssen. „Da ist es wieder, du sagst, was du denkst."

„Das Küssen macht mir nichts aus", gab Tessa zu. „Nur denke ich, dass wir zuerst die anderen Details klären sollten."

„Und dann können wir uns wieder um das Küssen kümmern? Deal." Er grinste, seine Zähne blitzten weiß. „Oh, nur zur Info: Mein Grandpa ist oben und wartet darauf, dich kennenzulernen."

„Das war schnell. Was hast du gemacht, ihn dorthin teleportiert, während ich mich umgesehen habe?"

Mark führte sie nach oben, die langen Stufen der Treppe hinauf, während er ihren Arm hielt. „Er hat bei mir übernachtet. Er hat einen Platz im Seniorenheim, kommt aber gern vorbei, wenn er kann. Es ist dank ihm ..."

Seine Stimme verklang, und ihre Neugier wuchs. Bevor sie ihn jedoch noch mehr fragen konnte, wurde sie vom Glitzern abgelenkt. „Oh, Mark. Das ist wunderschön!"

Am oberen Ende der dritten Treppe öffnete sich ein großer, runder Raum mit altem Parkett und Messinggriffen. Hinter den riesigen Fenstern auf dem oberen Level des Raddampfers war die Weite der Haines Bay sichtbar, und die Sonne schimmerte auf dem Wasser wie Millionen von Diamanten.

All ihre Pläne würden perfekt passen. Hier würde der Speisesaal sein. Sie wirbelte herum und lächelte noch breiter, als sie einen Kamin entdeckte, der bereits in der Nordwand eingebaut war und um den herum bequem aussehende Sessel standen. Ein Durchgang führte zum Heck des Schiffs, wo sie die Schlafzimmer und das Bad vermutete.

Sogar die Küche war so, wie sie es sich vorgestellt hatte, mit Messinggriffen überall. An der Wand waren Backöfen in Industriegröße montiert, zwei davon, dazu ein riesiger Kühlschrank und ein Kochfeld mit genug Brennern, dass man damit vermutlich leicht Abendessen für ein paar Dutzend Leute zubereiten könnten.

Sie stützte ihre Ellbogen auf die riesige Arbeitsfläche in

der Mitte der Küche und sah sich glücklich um. Alles. War. Perfekt.

Ihr Blick fiel auf Mark, und sein Gesichtsausdruck ließ sie innehalten. „Was ist?"

„Du bemerkst nicht einmal, dass du es tust, oder?"

„Was meinst du?" Tessa richtete sich auf und kehrte zu ihm zurück, rückte seinen Kragen zurecht und wischte einen Staubfleck vom Ellbogen. Dann drehte sie sich um, um hinauszublicken –

Sie wurde abrupt in der Bewegung aufgehalten, als Mark sie am Handgelenk packte. Er hielt sie fest, als er sie zu den bequemen Sesseln am Kamin führte. „Du bist losgerauscht wie ein wirbelnder Derwisch. Du bist so schnell durch die Gegend gerannt, dass ich glaube, dass du neue Geschwindigkeitsrekorde aufstellst."

„Ich liebe das Boot." Er hatte gesagt, sie solle sich nicht mehr entschuldigen, also wollte sie sich stattdessen darauf konzentrieren, wie unglaublich das Boot war, um es nicht mehr zu tun. „Du hast hier oben tolle Arbeit geleistet."

„Danke. Die Küche haben meine Eltern eingebaut. Sie sind beide Gourmetköche, und das ist das, was sie als Mindestausstattung betrachtet haben."

Oh großartig. Ein weiterer Punkt für ihn. „Heißt das, dass du auch kochen kannst?"

Mark nickte. „Ganz okay."

„Lassen Sie sich keine Lügen von ihm erzählen, junge Dame." Ein älterer Mann kam aus einer Tür am Ende des Flurs. Er ging auf sie zu, wobei sein weiß-grau meliertes Haar einen Kontrast zum ledrigen Braun seiner Haut darstellte. „Mein Enkel ist ein ausgezeichneter Koch. Obwohl ich derjenige bin, den Sie rufen wollen, wenn Sie grillen wollen."

Sie nahm seine angebotene Hand an und schüttelte sie.

„Freut mich, Sie kennenzulernen, Sir. Ich bin Tessa Williams.”

„Mein Großvater, Josiah.” Mark zappelte einen Moment lang herum, die Unsicherheit angesichts seiner großen Statur seltsam. „Lass mich einfach ... ähm, das Wasser für den Tee aufsetzen.”

ER HATTE DEN PUNKT ERREICHT, an dem er entweder weglaufen und was Dummes tun musste, wie zum Beispiel Tee kochen, oder Tessa würde wieder in seinen Armen landen. Sie hatte deutlich gemacht, dass das alles nicht nach normalen Wolfsstandards weitergehen würde.

Verdammt. Mist. Scheiße.

Mark öffnete den Gefrierschrank, weigerte sich jedoch, seinen Kopf hineinzustecken, sondern ließ stattdessen zu, dass die eisige Kälte über seine erhitzte Haut strömte und ihm ein bisschen Erleichterung verschaffte.

Seine Gefährtin wollte nichts mit ihm zu tun haben. Nun, vielleicht stimmte das nicht ganz. Sie hatte seinen Kuss begeistert erwidert. Sie hatte ihn mit einem eher zufriedenen Gesichtsausdruck gemustert, also gab es Hoffnung, wenn auch weniger, als ihm lieb war.

In diesem Moment wäre es ihm lieber, wenn sie in sein Schlafzimmer gehen und die Federn der Matratze auf die Probe stellen würden. Obwohl, Grandpa ...

Grandpa war ein Wolf. Er würde es verstehen.

Aber nein, anstatt auf den brennenden Ruf zu antworten, der jede seiner Zellen zum Glühen brachte, versteckte er sich in der Küche und lauschte dem melodischen Klang ihrer Stimme, während sie mit Grandpa plauderte.

Tessa lachte, und sein Körper reagierte darauf.

Er sah sich um und dachte über seine Möglichkeiten nach. Sie schien das mit dem Warten ernst zu meinen. Wie um alles in der Welt sollte er das schaffen, wenn sein Wolf so unaufhörlich auf und ab wanderte, dass er am liebsten aus seiner Haut fahren wollte? Oder aus seiner Kleidung und rein in sein Fell.

Er nahm sein Handy vom Tisch, auf dem er seine Arbeit ausgebreitet hatte, und ging zur Balkontür. „Ich brauche noch einen Moment, Grandpa. Wenn du ihr den Rest des Obergeschosses zeigen willst, mach das."

Mark wartete nicht auf eine Antwort, sondern stieß die Fenstertüren auf und floh an die frische Luft. Er lief vor ihrem Duft davon, in der Hoffnung, dass er dadurch etwas mehr Kontrolle zurückbekommen würde.

Es war nicht das erste Mal, dass jemand einen ungewöhnlichen Gefährten gerochen hatte. Er wusste von mindestens einem weiteren Mitglied des Rudels. Er wählte die Nummer und wartete, eine Hand auf dem Geländer, während er die erfrischende Meeresluft einatmete.

„Yo. Hab' gehört, dass du gefeuert wurdest." TJ Lynus war auch ein Angehöriger des Granite-Lake-Rudels, genau wie er irgendwo im Mittelfeld der Rangordnung und ein rundum guter Kerl. „Willst du heute Abend deine Sorgen ertränken? Pam hat Nachtschicht. Ich kann also Party machen gehen."

Mit allem anderen, was ihm im Kopf herumschwirrte, hatte Mark fast vergessen, dass er entlassen worden war. „Das ist schon Tage her. Das ist nicht mehr neu, und ich bin nicht angepisst deswegen oder so. Ich muss dich jedoch was Wichtiges fragen. Wegen Pam."

„Ach so?" TJs Stimme wurde hörbar angespannt, und er konnte den Beschützerinstinkt des anderen Wolfs geradezu riechen. „Was willst du über meine Gefährtin wissen?"

Wie zum Teufel sollte er das formulieren? Mark schnaubte. Vielleicht sollte er sich ein Vorbild an Tessas Direktheit nehmen. „Pam ist ein Mensch. Als du sie als deine Gefährtin erkannt hast, hast du …?"

Er wusste schon, was TJ letztendlich getan hatte, um die Frau davon zu überzeugen, dass Werwölfe existierten. Das war mittlerweile legendär im Rudel.

„Was sagst du mir nicht? Hast du deine Gefährtin gefunden? Ist sie ein Mensch?", fragte TJ.

Totenstille. Mark bemerkte, dass er sich dem Raddampfer zugewandt hatte und instinktiv versuchte, einen Blick auf Tessa zu erhaschen. „Ja, ich habe sie gefunden. Nein, sie ist kein Mensch. Sie ist … nun ja, sie ist eine Katze. Ich bin mir noch nicht sicher, welche Art."

Er hätte mit dem Gelächter rechnen müssen. TJ johlte einen Moment lang, bevor er sich wieder fing. „Glückwunsch! Tolle Neuigkeiten – der Teil, dass du deine Gefährtin gefunden hast. Du hast nach ihr gesucht, also solltest du glücklich sein. Und wenigstens musst du ihr nicht erklären, dass es Wandler gibt."

Das war ein Lichtblick. „Stimmt, das ist gut."

„Warum rufst du mich also an, anstatt die Laken mit ihr in Brand zu setzen? Irgendwas muss nicht stimmen."

Mark ging an Deck weiter, bis er durch die Fenster spähen konnte, und beobachtete, wie ihr blondes Haar wippte, während sie den langsamen Schritten von Grandpa Josiah folgte. Sie gingen durch das Zimmer, in dem Gramps übernachtete. Ihr Lächeln wirkte aufrichtig, während sie dem alten Wandler lauschte und alles genau betrachtete.

War er in sie verliebt? Verdammt, was bedeutete Liebe für einen Wandler? Dieses Gefühl intensiver Befriedigung, das er spürte, als er sie gefunden hatte, war eine Art Liebe, oder nicht?

„Alter ... bist du noch da?" TJ schnalzte mit der Zunge. „Lass mich raten. Sie ist nicht von hier."

Er wollte daraus kein Ratespiel machen. „Sie ist eine Katze. Sie will sich verlieben, bevor wir uns paaren."

Diesmal war es am anderen Ende viel zu lange still. Dann pfiff TJ schließlich leise. „Oh Mann. Okay, ich muss zurücknehmen, dass es schwieriger war, Pam zu erklären, dass es Wandler gibt. Deine Situation ist schwieriger. Du meinst, sie will, dass ihr wartet?"

„Scheint so. Ja."

„Scheiße."

Sie seufzten beide gleichzeitig.

„Deswegen rufe ich an." Es musste etwas geben, das er tun konnte, um es zu beschleunigen. „Vielleicht würde es helfen, wenn Pam ein Gespräch mit ihr führen würde, denn ihr zwei habt euch ziemlich schnell verstanden, und so."

„Ich werde sie fragen. Ich sage es nur ungern, aber mein großer Bruder ist die beste Wahl. Oder Robyn. Sie wissen mehr als ich. Und wenn du es ernst meinst und sie mitnehmen willst, um ihr das Rudel zu zeigen, solltest du sowieso besser mit ihnen reden. Ich glaube nicht, dass es eine gute Idee ist, eine Katze ins Rudelhaus zu bringen, ohne vorher mit den Alphas zu reden. Menschen sind keine Katzen. Ich meine ... Whoa, deine Gefährtin ist eine *Katze*! Ich sage nicht, dass ich mir zu viele Sorgen machen würde ... nein, du solltest sie einfach anrufen."

Wenn es einen Hinweis darauf gab, dass diese Situation nicht normal war, dann, dass TJ ihn davor warnte, wie gefährlich es werden könnte. „Großartig. Mein einziger Konkurrent für die Auszeichnung ‚Wolf mit dem seltsamsten Gefährten aller Zeiten', und du beruhigst mich nicht gerade."

TJ lachte. „Mach dir keine Sorgen. Am Ende ist es das alles wert. Sie ist deine Gefährtin, Alter. Es gibt nichts Schöneres als eine Gefährtin, egal, wie mühsam der Weg ist, um zu dem Punkt zu kommen, an dem ihr beide ganz auf einer Wellenlänge funkt. Vertrau mir in dieser Hinsicht."

Mehr konnte er offensichtlich nicht tun. „Trotzdem danke."

„Alter?", sagte TJ. „Sie ist eine Katze. Denk darüber nach. Das ist vielleicht nicht so schlecht, wie du denkst."

Mark hatte keine Ahnung, was TJ meinte. Er legte auf und versuchte, nicht hinzustarren, während Tessa durch sein Schlafzimmer schlenderte, mit einem Gesichtsausdruck hingerissener Bewunderung, als sie die Holzarbeiten betrachtete.

Zumindest gefiel ihr sein Haus.

Als er draußen stand und sie anstarrte, während sein Wolf ihn aufforderte, reinzugehen und sie zu bespringen, kam Mark zu einer verblüffenden Entscheidung. Vielleicht hatte TJ ihm keine langfristigen Lösungen für ihr Problem gegeben, aber eine Sache, die er nebenbei erwähnt hatte, war die absolute Wahrheit.

Am Ende würde es sich lohnen. Sie wollte, dass er sich in sie verliebte? Er war schon auf halbem Weg zum Ziel. Sein Instinkt ließ ihn nichts anderes tun, als sie zu wollen *und* sich das Beste für sie zu wünschen.

Wenn es wirklich das war, was sie wollte, dass er alles über sie herausfand, dann war er mehr als bereit, der aufmerksamste Schüler aller Zeiten zu werden. Alles, wonach sie sich sehnte, alles, was sie bisher getan hatte. Er würde wieder zur Schule gehen und sich nur auf sie konzentrieren.

Er wollte einen Abschluss in Tessa Williams-Studien machen und war ganz dafür, das Lernen zu beschleunigen. Sogar sein Wolf war mit seinem Plan einverstanden, und zum ersten Mal in der letzten Stunde waren sich die beiden Seiten seiner Psyche einig.

Das Studium begann jetzt.

4

Tessa legte ihre Gabel auf den Tisch und seufzte zufrieden. „Das war köstlich. Danke."

Ihr gegenüber nickte Mark und griff nach ihrem Teller. „Noch einen zweiten Nachschlag?"

Verlockend. Sehr verlockend. Mark hatte es geschafft, innerhalb einer Stunde eine Meeresfrüchte-Lasagne zuzubereiten, während sie den Raddampfer von innen und außen erkundet hatte. Aber man konnte selbst von etwas Gutem zu viel haben. „Ich kann nicht noch einen Bissen essen, ohne zu platzen. Lass mich dir beim Abwaschen helfen."

Gramps, der am Kopfende des Tischs saß, winkte ab. „Ihr zwei unterhaltet euch nur weiter. Ich werde heute Abend für Kost und Logis arbeiten und den Hausangestellten spielen."

„Danke, Grandpa." Mark trug die schmutzigen Teller für ihn zur Spüle und nickte dann in Richtung Büro. „Und wir müssen ein paar Entscheidungen treffen."

Tessa folgte ihm und freute sich über die angenehme

Atmosphäre zwischen ihnen. „Dein Grandpa ist ein ganz lieber Mann."

Mark bot ihr einen Stuhl an. „Er ist stur, herrisch und impulsiv. Dachte mir schon, dass du ihn mögen würdest."

Sie lachte. „Oh, du hast so schnell schon was über mich gelernt, oder?"

Die Hitze in seinen Augen reichte aus, die Temperatur im Raum um mehrere Grad in die Höhe zu treiben. „Ich habe einen sehr guten Grund, alles über dich wissen zu wollen."

Oh wow. Tessa bemühte sich, nicht auf ihrem Stuhl herumzuzappeln, die Hitze zwischen ihren Beinen war ein bisschen unerwartet, aber schön. Er machte sie an, ohne sie zu berühren. Interessante Erkenntnis.

Aber erst das Geschäftliche. „Ich weiß, dass wir uns mit einem anderen Problem befassen müssen, aber können wir einen Schritt zurück machen und zuerst übers Geschäft sprechen?"

Mark nickte. „Kein Problem. Es ist jetzt leichter, als es unter anderen Umständen gewesen wäre. Du willst das Haus kaufen – richtig?"

„Ja, um ein B&B daraus zu machen und Öko-Touren anzubieten."

„Ich kann nicht verkaufen. Es sei denn, du willst an dieser Stelle ein komplett neues Gebäude errichten."

Was? „Ich möchte *gerade* den Raddampfer als Basis haben. Er macht die Kulisse so spektakulär."

„Du hast recht. Du hast eine großartige Idee, und ich denke, dass sie gut funktionieren würde. Tatsache ist jedoch, dass ich ihn dir nicht verkaufen kann. Der Raddampfer hat Bestandsschutz – solange er im Besitz meiner Familie bleibt, kann er bleiben. Sobald das Eigentum an jemand anderen übergeht, muss das Boot abgerissen werden und alle neuen Gebäude müssen den Bauvorschriften für die Gegend entsprechen."

Tessa starrte ihn geschockt an. „Oh nein! Das hast du in deinem Brief nicht erwähnt."

Er lächelte. „Hör auf, so düster dreinzublicken. Ich habe nur gesagt, dass das passieren müsste, wenn ich es verkaufen würde. Um das zu vermeiden, hatte ich vorgeschlagen, dass wir das zusammen machen. Ich bleibe Eigentümer des Boots, du mietest es von mir, und wir betreiben das B&B es gemeinsam."

Die Idee hatte ihre Berechtigung. Aber warte. „Du sagst ‚hattest vorgeschlagen'. Schlägst du jetzt was anderes vor?"

Mark drehte sich zu ihr um und hob ihre Hand. „Du hast gesagt, dass ich langsamer machen soll. Dass du nicht akzeptieren wirst, dass wir hier und jetzt Gefährten sind. Ich mag das nicht, aber gut, ich verstehe dich. In der Zwischenzeit gibt es keinen Grund, warum wir bei anderen Plänen langsamer machen sollten."

Tessa starrte auf ihre verbundenen Hände. Er strich seinen Daumen über ihre Fingerknöchel, die Liebkosung ließ nette kleine Hormone zum Leben erwachen und ihren Körper prickeln. „Welche anderen Pläne meinst du?"

„Glaubst du, es gibt einen Grund, warum wir irgendwann nicht doch Gefährten werden können? Mir fällt keiner ein. Ich werde also an dieser Annahme festhalten und sie bis zu ihrem logischen Ende verfolgen. Das ist jetzt dein Zuhause. Wir können zusammenarbeiten, um das B&B umzusetzen. Ich bin ein großartiger Handwerker und kann alle Renovierungen, die wir machen müssen, im Winter erledigen."

Die prickelnde Erregung kam eher von seiner Berührung als von seinem Vorschlag. „Du meinst einfach so ohne Vertrag?"

„Wir können natürlich alles vertraglich festhalten. Das ist auf lange Sicht sowieso am besten. Ich werde den Raddampfer als meinen Beitrag in unsere Partnerschaft einbringen. Du stellst das Geld für das Facelift bereit."

Sie verstand jetzt, was er vorschlug. „Partner. Ich mag, wie sich das anhört."

Nur mussten noch einige Ecken und Kanten ausgebügelt werden.

Mark streichelte ihren Arm, und seine Berührung jagte eine Gänsehaut über ihren Rücken. „Es ist ein guter Anfang für unser gemeinsames Leben."

„Süßholzraspler." Tessa wand sich. Gut, sie hatte diesem *Gefährten*-Ding einen Riegel vorgeschoben, aber das bedeutete nicht, dass der körperliche Kontakt sie nicht antörnte. „Ein paar Fragen. Ich hatte mir gedacht ... Oh Mann. Hör auf damit."

Mark blickte auf, nachdem er vom Streicheln ihres Arms zum Streicheln ihres Beins übergegangen war. „Womit?"

„Das. Mit dem Berühren." Nicht, dass es sie störte, aber ...

„Tut mir leid." Er zog seine Hände zurück und verschränkte die Arme vor der Brust. „Dich nicht zu berühren, wird für mich einiges an Anstrengung erfordern. Ich will nicht aufhören. Aber okay, was hattest du gedacht?"

Tessa schluckte. Er hatte eine seltsame Wirkung auf ihre Hormone. „Ich hatte gedacht, während der Renovierung hier zu wohnen."

Er nickte. „Natürlich wirst du hier wohnen. Du hast gesehen, dass das Obergeschoss bewohnbar ist. Wenn du Pläne für das zeichnen kannst, was du auf den anderen Ebenen machen willst, kann ich diese Woche anfangen, daran zu arbeiten."

„Ich werde hier wohnen? Bist du damit einverstanden?"

Marks Augen blitzten. „Ich könnte mir nicht vorstellen, dass du woanders lebst."

Der Verdacht schlich sich ein. „Und wo wirst du wohnen?"

„Hier. Mit dir."

Das hatte sie gedacht. „Und wo genau dachtest du, dass ich schlafen werde?"

„Bei mir."

Tessa seufzte. „Welchen Teil von ‚wir sind keine Gefährten' verstehst du nicht?"

Mark knurrte sie an. Ein leiser, grollender Laut, der ihre innere Katze dazu brachte, sich aufzusetzen und sich zu putzen. „Läufst du immer durch die Gegend und küsst jede Frau aus heiterem Himmel, wenn du sie zum ersten Mal triffst?"

Was? „Oh, draußen." Tessa zuckte mit den Schultern. „Ich dachte, es sei eine Art Begrüßungsritual hier in Alaska."

Er beugte sich zu ihr vor. „Du magst Sex, oder?"

Ihre Katze antwortete schneller als die menschliche Seite. Sie saß rittlings auf seinem Schoß und leckte innerhalb von zwei Sekunden eine Seite seines Halses. Hmmm, salzig und köstlich. Sie könnte glatt –

Mark strich seine Hände über ihren Rücken, bis er sich an ihren Hüften festhalten konnte und seine Hände sich fast um sie schlossen. „Du wirst niemanden mehr so küssen. Wenn du den ‚für immer'-Teil davon langsam angehen willst – das kannst du haben. Aber willst du wirklich zölibatär leben, solange es dauert, bis wir uns verlieben ...?"

Oje. Tessa lehnte sich zurück und sah ihm in die Augen. „Ich bin kein Luder, das sich nicht beherrschen kann."

„Das habe ich auch nicht gedacht. Aber du bist eine Katze. Du bist ein Wandler. Wenn du körperliche Befriedigung brauchst, bist du bei mir genau an der richtigen Adresse. Betrachte mich als deine ganz persönliche Katzenminze."

Er benutzte ihre Hüften, um sie höher zu ziehen, und ihr Rumpf glitt über die sehr feste Wölbung unter seiner Jeans. „Oh."

Seine Stimme wurde leiser. „Ich werde dich nicht beißen, bis du sagst, dass ich es darf. Aber ich werde für dich da sein. Hier im B&B. Während du deine neue Heimatstadt erkundest ..."

„Wirst du mich mitnehmen, um das Rudel zu besuchen?" Das wäre die ultimative Akzeptanz, hatte sie gehört.

Er zögerte nicht. „... wenn wir das Rudel treffen. Ich bin überall für dich da, auch im Bett."

Seine Pupillen weiteten sich. Ein unheimliches, aber cooles Gefühl beschlich sie. Es schien, als wäre ihre Reise in den Norden gerade komplizierter geworden, als sie gedacht hatte.

EINE WEICHE, süß duftende Frau auf seinem Schoß, ein Plan für die Zukunft auf dem Tisch. Während ihm nicht gefiel, dass sie sich für den Moment noch nicht auf die Gefährtensache einlassen wollte, konnte Mark ihr nichts sonst vorwerfen.

Nur, wenn sie sich nicht bewegten, würde es ihm schwerfallen, nicht dem Drängen seines Wolfes nachzugeben, sie auszuziehen und direkt in sein Büro zu bringen.

Von der Tür aus hörte er ein lautes Bellen, und beide drehten sich zu seinem Großvater um, der sich in seinen Wolf verwandelt hatte und nun um den Stuhl, auf dem sie saßen, herumstreifte.

Tessa spannte sich an. „Was ist das?"

„Keine Sorge. Er ist ein Wolf. Er weiß, was los ist. Na ja, das meiste davon." Mark beugte sich vor und winkte. „Gehst du zurück in die Lodge?"

Sein Großvater senkte den Kopf und stieß ein paar Winsellaute aus. Sein letztes Heulen hallte von den Wänden wider, als er wieder zur Tür hinausging.

„Er sagt, es war schön, dich kennenzulernen, und hofft, dich bald wiederzusehen." Mark verzichtete darauf, die übrigen Bemerkungen des alten Mannes über Tessa zu übersetzen. Sie musste nicht wissen, was sein Großvater sonst noch vorgeschlagen hatte.

Andererseits war sie eine Wandlerin. Sie wusste es wahrscheinlich.

Tessa lehnte sich zurück, bis ihre Arme ausgestreckt waren. „Also ... was jetzt?"

„Jetzt ziehst du ein." Mark konnte es kaum erwarten, ihre Sachen in sein Haus zu bringen. Dass sich ihre Düfte vermischten und ein offensichtliches Zeichen dafür wurden, dass sie ein Paar waren. „Danach kannst du mir erzählen, was du für die anderen Stockwerke vorhast, und ich mache ein paar Entwürfe, damit wir mit der Renovierung anfangen können."

Sie neigte den Kopf. „Du bist ein ausgesprochen interessanter Mann. Macht dir nichts Angst? Ich meine, ich habe dir heute so viele Informationen um die Ohren gehauen, und trotzdem wirkst du so ruhig und entspannt. Wie machst du das?"

„Gute Gene."

Tessa lächelte. „Das hatte ich auch bemerkt."

Sie beugte sich vor und strich mit ihren Lippen über seine Wange, bevor sie von seinem Schoß aufstand und ihn vom Stuhl zog. „Ich finde deinen Plan großartig. Und danke. Ich würde viel lieber hier wohnen als in irgendeinem Hotel. Wir können zusammen jede Menge Spaß haben, während wir am Projekt arbeiten."

Spaß. Oh gut. „Hört sich großartig an." Er zwang die Worte heraus. Wirklich? Spaß?

Verdammt!

Sie stürmte die Treppe hinunter, als hätte sie einen Düsenantrieb. Mark folgte langsamer. Wenn sie glücklich damit war, so hochtourig zu laufen, wer war er dann, sie ändern zu wollen?

Doch als er die Tür öffnete und feststellte, dass sie schon mit einer Armladung Gepäck auf dem Rückweg war, wunderte er sich. „Wie bewegst du dich so schnell?"

Sie funkelte ihn an. „Gute Gene, denke ich."

Mark schnaubte. „Du willst alles drin haben?"

Tessa nickte. „Bist du sicher, dass ich meine Sachen in dein Schlafzimmer bringen soll? Ich könnte ... eines der Zimmer saubermachen ..."

Ohne Vorwarnung knurrte er, und ihre Katzenaugen blinzelten schnell, als sie zurückwich.

Verdammt. „So viel zu meiner Gelassenheit. Tessa, reiz den Wolf nicht, okay? Nicht jetzt. Ja, mein Schlafzimmer. Auch nur was anderes vorzuschlagen, geht ihm gegen den Strich."

„Sicher. Geht klar."

Puff, war sie wieder verschwunden, die Treppe hinauf. Nur eine Wolke ihres Dufts hing in der Luft und quälte ihn.

Mark holte noch mehr Gepäck aus dem Auto und

fragte sich, wie lange es dauern würde, bis seine doppelte Wandler-/Mensch-Persönlichkeit einen großen Zusammenbruch erleiden würde.

Er lud alles aus, trug es ins Foyer, schloss die Tür ab und brachte den ersten Teil nach oben. Als er um die Ecke in sein Schlafzimmer bog, raste sein Herz schon bei dem Gedanken, sie dort zu finden. Seine Gefährtin, ein Teil seiner Zukunft ... sobald er mehr über sie herausgefunden hatte.

Sie war nicht da.

Sie war auch nicht im Bad, im Wohnzimmer oder in der Küche. Er wollte gerade aufgeben, als wehende blonde Haare seine Aufmerksamkeit auf den Balkon lenkten.

Sie saß auf der Reling und strampelte fröhlich mit den Füßen, während sie über das Meer blickte.

Sein Herz begann zu rasen. Mark öffnete vorsichtig die Tür und bemühte sich, sie nicht zu erschrecken. Sollte sie fallen, wäre es ein sehr langer Weg nach unten.

„Tessa?", fragte er leise. „Was machst du?"

Sie drehte ihren Kopf, um ihm ein strahlendes Lächeln zuzuwerfen. „Die Farben des Sonnenuntergangs sind heute Abend so schön. Komm ..." Sie klopfte auf die Reling neben sich. „Schau ihn dir mit mir an."

Er ging hinüber, lehnte sich an das Geländer und legte ganz selbstverständlich seinen Arm um ihre Taille, um sie festzuhalten. Erst dann begann er wieder zu atmen. „Hier gibt's wunderschöne Sonnenuntergänge."

„Für die B&B-Gäste sollten wir am Abend Drinks und Snacks anbieten. Sie können hier sitzen und sich darüber unterhalten, wie schön ihr Tag war, und dann werden neue Leute Lust haben, die gleichen Ausflüge zu machen, und so weiter. Und dann kommen immer mehr Besucher."

Sie lehnte ihren Kopf an seine Schulter und seufzte zufrieden.

„Ich denke, das ist das erste Mal, seit wir uns kennengelernt haben, dass du dich nicht in halsbrecherischem Tempo bewegst", bemerkte Mark. Sie fühlte sich so richtig in seinen Armen an. Er atmete ihren Duft ein, um sein Verlangen zu lindern.

Sie gähnte, dann streckte sie sich und schwankte gefährlich auf die falsche Seite der Reling. „Sonnenuntergänge machen das mit mir. Schlaffördernde Wirkung? Stimmt das?"

Er trat hinter sie und hielt sie fester. „Wenn das bedeutet, dass du es dir gern vor dem Feuer gemütlich machen würdest, dann bin ich ganz bei dir."

„Ich mag Feuer." Ihre Stimme klang jetzt tiefer, schläfriger, was ihm über den Rücken kitzelte und ihm versprach, dass er in wenigen Minuten ein schlafendes Kätzchen haben würde.

Dann versetzte sie ihn fast in Panik, als sie sich in seinen Armen umdrehte und ihre Arme um seinen Hals das Einzige waren, was sie davon abhielt, in die Tiefe zu stürzen.

Mark schluckte diverse Schimpfworte herunter und hob sie stattdessen über die Reling, bis er sie sicher in seinen Armen halten konnte. Er ging schon auf die Fenstertüren zu, als er ihr wieder ins Gesicht blickte.

Ihre Augen waren geschlossen, ihre langen Wimpern ruhten auf ihren Wangen. Sie verzog den Mund, und leise Geräusche kamen über ihre Lippen. Sie schmiegte sich an seine Brust und atmete ruhig.

Sie war schon eingeschlafen.

Mark trug sie zu seinem Bett und legte sie auf die

Matratze, bevor er einen Schritt zurücktrat, um zu überlegen, was er als Nächstes tun sollte.

Sie auszuziehen kam ihm ... schmutzig vor. Wenn sie wach gewesen wäre, hätte er sie fragen können, was sie wollte, aber es gab eine Grenze, die er nicht überschreiten wollte, jetzt, wo sie sie gezogen hatte.

Also zog er ihr nur die Schuhe aus und stellte sie auf den Boden im Schrank. Sie hatte einen Haufen ihrer Sachen aufgehängt, und er lächelte, als er es sah.

Als er sich wieder dem Bett zuwandte, sah er, dass sie sich zwischen den Laken zusammengerollt hatte und leise schnurrte.

Ja, sie schnurrte.

Mark setzte sich neben sie auf die Bettkante und starrte sie an. Ihre Wangen waren rosig, eine Hand lag entspannt neben ihrem Kopf, die andere dorthin ausgestreckt, wo er später schlafen würde.

Einem Menschen wäre es vielleicht seltsam vorgekommen – dass sie sich geweigert hatte, seine Gefährtin zu werden und sich dennoch in sein Bett gekuschelt hatte. Doch für ihn ergab es einen Sinn. Es gab einen großen Unterschied zwischen Sex zum Spaß und Sex als Gefährten und einfachem Kuscheln. Bei Katzen war er sich nicht so sicher, aber Wölfe waren Rudeltiere. Das Zusammensein mit anderen befriedigte etwas tief in ihrem Inneren.

So weit, so gut. Solange er sie in die richtige Richtung bewegen konnte.

Sie hatten viele Ideen für das B&B besprochen, aber sie hatte nie versprochen, für immer zu bleiben. Solange sie es nicht tat, würde er nicht zur Ruhe kommen, auch wenn sie seine vermeintliche Ruhe bewundert hatte. In seinem Innern war er voller Sorgen und wollte mehr. Brauchte mehr. Schritt für Schritt musste er sie davon überzeugen, dass sie zusammengehörten.

Die Geräusche, die sie machte, wurden lauter – eine süße Mischung aus Schnarchen und Schnurren, und Mark lächelte.

Er konnte der Liste der Dinge, die er über seine Gefährtin wusste, noch etwas hinzufügen. Sie hatte zwei Geschwindigkeiten: Vollgas und Motor aus. Er nahm eine leichte Steppdecke aus dem Schrank und deckte sie für die Nacht zu.

5

———

Augen weit geöffnet.

Autsch!

Als ihr die Sonne ins Gesicht schien, schlossen sich ihre Augen ganz automatisch. Tessa warf die Decke zurück und sprang auf.

Als sich der Boden nicht vertraut anfühlte, dauerte es ein paar Sekunden, bis sie den mentalen Sprint durch alles, was am Vortag passiert war, vollendet hatte. Sie blickte an sich herab und bemerkte die zerknitterte Kleidung, in der sie geschlafen hatte, im selben Moment, als sie Mark sah.

Er schlief aufrecht sitzend in einem großen Ohrensessel, seine Schläfe gegen das Polster gelehnt.

Ihr Blick schoss durch das Zimmer und fiel auf die zerwühlten Laken, ihren zerzausten Zustand und seine unbequeme Schlafposition.

Sie hatte nicht vorgehabt, ihn aus seinem eigenen Bett zu werfen.

Das war wohl ein Gespräch, das heute stattfinden müsste. Sie ging ins Badezimmer, wusch sich das Gesicht, bewunderte die Aussicht aus dem Fenster und ging dann in die Küche, um herauszufinden, was er im Kühlschrank hatte. Sie brauchte etwas, das sie zum Frühstück machen konnte, ohne das Essen zu ruinieren, das Boot niederzubrennen oder sie beide zu vergiften.

Cornflakes und Milch. Damit konnte sie umgehen. Beim Stöbern im Schrank fand sie Schüsseln, Löffel und Tassen. Da musste sie an Kaffee denken.

Kaffeeeeeeeeeee.

Sie ignorierte die kleine Warnung, die ihr Verstand ihr schickte. Obwohl sie keinen Kaffee brauchte, konnte sie an der beeindruckenden Maschine auf der Theke erkennen, dass Mark nichts gegen eine Tasse haben würde. Nachdem sie so unhöflich gewesen war, ihm seine Nachtruhe zu nehmen, wäre es nur höflich, eine Kleinigkeit für ihn zu tun. Er würde wahrscheinlich gern eine schöne Tasse Kaffee zum Aufwachen trinken.

Tessa zerrte die silber-schwarze Monstrosität von der Wand weg, um sie zu betrachten. Schien einfach genug. Sie betätigte einen Hebel und ein kleines Fach öffnete sich. Der Duft gemahlener Bohnen ließ sie ihre Zehen zusammenrollen.

Nein, keine gute Idee, irgendetwas Stimulierendes zu schnuppern. Das hatte sie im College nach einem besonders schrecklichen Vorfall mit Red Bull, Schokolade und nächtlichem Büffeln gelernt.

Aber für Mark? Sie würde einen Weg finden, dem Rausch zu entgehen, den sie beim Zubereiten einer Kanne bekommen könnte.

Beim Stöbern im Gefrierschrank kam eine Tüte mit Bohnen zum Vorschein. Sie beeilte sich, sich nicht allzu lang dem Rauschmittel auszusetzen. Sie füllte sie in den Trichter, schob ihn zurück in die Maschine und drückte den großen roten Knopf. Ein befriedigendes Rauschen surrte in ihren Ohren.

Die Mahlgeräusche und das bald einsetzende Blubbern machten Tessa zufrieden.

Nachdem sie die frisch gemahlenen Bohnen in den kleinen Behälter geschüttet hatte, von dem sie sicher war, ihn schon im Fernsehen gesehen zu haben, hielt sie inne. Etwas schien nicht zu stimmen. Ein grelles, blinkendes Licht lenkte sie von ihren Bedenken ab, und sie legte eilig den letzten Schalter um.

Aus dem Auslauf der Maschine floss dunkle Flüssigkeit. Und floss weiter. Sie nahm eine weitere Tasse und beobachtete besorgt, wie sich auch diese fast überfüllte. Tessa streckte sich in den Schrank und holte so viele Tassen heraus, wie sie erreichen konnte, und begann, eine Tasse nach der anderen unter das endlose Tröpfeln zu stellen.

Das Stromkabel aus der Steckdose zu ziehen, schien eine verzweifelte Maßnahme zu sein, aber schon bald war es ihre einzige Wahl, denn ihr waren die Tassen ausgegangen.

Tessa ignorierte das Durcheinander, nahm die erste Tasse und rührte einmal um, um den Schaum mit einem hübschen Wirbel zu dekorieren.

Ihr Versuch führte zu etwas, das eher einem Fischkopf als einer Blume ähnelte. Sie schüttelte ihre Enttäuschung ab und ging ins Schlafzimmer. Mark würde sich über die Geste freuen. Da war sie sich sicher.

Er saß immer noch auf dem Stuhl und als sie näher kam, flatterten seine Augenlider. Er lächelte und betrachtete sie. „Hey."

Sie stellte die Tasse auf den Beistelltisch, kniete sich neben ihn und legte die Hände auf seine Oberschenkel.

„Auch hey. Du dummer Welpe. Warum bist du nicht ins Bett gekommen?"

Mark streckte sich. „Du hast in der Mitte gelegen, und ich wollte dich nicht stören oder irgendwas tun, das dir Unbehagen bereiten könnte."

„Awww." Alles in ihr wurde weich und matschig. „Das ist so süß von dir. Unnötig, aber süß."

„Es ist nicht unnötig, das Beste für dich zu wollen", beharrte Mark. „Verlang nicht von mir, etwas zu tun, das ich nicht für richtig halte."

Da hatte er sie erwischt. „Du hättest im anderen Zimmer schlafen können."

Er schüttelte den Kopf. „Nope. Der Wolf hat mich nicht gelassen."

Tessa hielt inne. „Das tut mir leid. Ich mache dir das Leben schwer, nicht wahr?"

„Du hast meine Welt ein bisschen durcheinandergebracht. Aber es ist okay." Mark rutschte an die Sitzkante und tätschelte ihre Hand. „Ich werd's überleben."

Jetzt war sie noch glücklicher, dass sie heute Morgen einen Weg gefunden hatte, ihm etwas Gutes zu tun. „Ich habe dir Kaffee gemacht."

Er holte tief Luft und ... schauderte? „Wirklich? Ähm, danke."

Er nahm die Tasse und hob sie an seine Nase, um noch einmal vorsichtiger daran zu schnuppern.

„Stimmt was nicht?"

„Nein, überhaupt nicht." Mark blinzelte. Er setzte die Tasse an den Mund und trank einen Schluck. Seine Kehle schien sich beim Schlucken anzustrengen. „Danke", wiederholte er.

Nur hielt er die Tasse in der Hand und trank nicht

weiter, sondern starrte sie nur mit dem Hauch eines Lächelns auf den Lippen an.

Schönen Lippen, bemerkte sie.

„Also. Pläne für den Tag." Sie stand auf, ging zum Schrank und schob ein paar Kleidungsstücke hin und her. „Hast du ein paar Schubladen, die ich benutzen kann?"

Er stellte seine Tasse ab und folgte ihr, öffnete eine und nahm T-Shirts heraus. „Hier, das ist deine. Wenn du mehr Platz brauchst, baue ich dir deine eigene Kommode."

„Toll, danke." Sie zog ihre zerknitterte Kleidung aus und nahm saubere Unterwäsche aus dem Schrank. Sie hielt inne, als dieses seltsam gurgelnde Geräusch an ihr Ohr drang. Sie richtete sich auf und sah ihn besorgt an. „Mark, geht's dir gut?"

Seine Pupillen waren riesig, seine Nasenflügel weiteten sich. Die Anspannung in seinem Körper schrie laut genug, falls sie die an seinen Seiten geballten Fäuste übersehen hätte. „Keine Sorge."

Tief und leise flüsterte seine Stimme durch kaum geöffnete Lippen.

Sie zog das Höschen an, rückte ihren BH zurecht und beugte sich in den Schrank, um eine frische Jeans herauszuholen. „Was willst du heute Morgen machen?"

Keine Antwort.

Sie wirbelte herum und stellte fest, dass er verschwunden war. Das kurze Aufblitzen eines Beines verriet ihr, dass er ins Bad gegangen war. Das Wasser wurde aufgedreht, und sie folgte ihm, um einen Blick hineinzuwerfen. „Mark, was –?"

Er stand voll bekleidet unter der Dusche, den Kopf an die Fliesen gelehnt. „Hm?"

Okay, das war ein wenig seltsam. War vielleicht eine Möglichkeit, die Knitterfalten aus der Kleidung zu entfernen, in der man geschlafen hatte. „Ähm, wenn du fertig bist. Keine Eile."

Sie schlich auf Zehenspitzen hinaus und versuchte, ihn nicht zu stören.

Schließlich hatte er eine schwere Nacht hinter sich.

MARK WÜRDE STERBEN. Nein, Sterben wäre die einfache Lösung. Sauerstoffmangel in seinem Körper würde bedeuten, dass kein Blut mehr durch seine Adern fließen würde. Für Tessa würde das bedeuten, dass sich sein Schwanz nicht mehr in eine wärmesuchende Rakete verwandeln würde.

Er war letzte Nacht so vorsichtig gewesen und hatte sich an Grenzen gehalten, die ihr Raum ließen. Und heute Morgen versuchte er, sich normal zu verhalten, so wie er es jedem anderen Wandler gegenüber tun würde, mit dem er nicht intim werden wollte.

Ihre für Wandler typische mangelnde Scham hatte ihn ziemlich getroffen. Aus nächster Nähe wusste er jetzt Folgendes: Seine Gefährtin war eine natürliche Blondine. Sie hatte Sommersprossen. Und sie war mehr als nur ein Leckerbissen.

Er drehte das Wasser kälter, in der Hoffnung, ein paar der inneren Brände zu löschen, aber es nutzte nicht viel. Er war hart. Hart großgeschrieben, und das würde auch so bleiben.

Der einzige Weg, diese verrückte Situation zu überleben, war anstrengende Arbeit. Wenn er zu müde wäre, um einen hochzubekommen, könnte er die nächsten Wochen vielleicht ertragen.

Als er sich aus der Dusche schleppte und sich anzog,

war von seiner bezaubernd hyperaktiven Katze nirgends etwas zu sehen. Zumindest nicht, bis er seine Küche betrat. Das Katastrophengebiet bewies, was die erste Tasse Kaffee angedeutet hatte. Wenn er nicht vergiftet werden wollte, musste er ihr jegliches Kochen verbieten.

Was in Ordnung war. Er kochte gern. Mark zog die Kaffeemaschine nach vorn und verzog das Gesicht, als er die gemahlenen dicken Bohnen im Trichter sah. Sein Ekel verwandelte sich in Belustigung, als er das Müsli entdeckte, das sie für ihn auf den Tisch gestellt hatte. Ihre Schüssel war benutzt und leer, seine war bereit zum Eingießen der Milch. Das Besondere daran war, dass sie eine Serviette in die Form eines Schwans gefaltet hatte, die auf ihn wartete.

Mark aß schnell, schüttete die vielen Tassen mit der abscheulichen Nichtkaffee-Flüssigkeit weg und räumte die Spülmaschine ein. Dann machte er sich auf die Suche nach seiner Gefährtin.

Er fand sie im Erdgeschoss, umgeben von Papier. Mark stand schweigend da und beobachtete, wie sie mit einem Bleistift über den Notizblock strich und ihre Finger über die Seite flogen. Sie riss das oberste Blatt Papier ab und legte es auf einen Stapel zu ihrer Rechten.

„Willst du den ganzen Morgen da stehenbleiben?" Tessa lächelte ihn an.

Er ging auf und ab, um das Chaos zu betrachten. „Du warst beschäftigt."

Sie schnitt eine Grimasse. „Tut mir leid wegen der Unordnung oben. Ich werde sie vor dem Mittagessen aufräumen, aber ich hatte hier unten eine Inspiration für das Layout und wollte es zu Papier bringen, bevor ich den Gedankenlauf verliere."

Mark weigerte sich, irgendwelche Bemerkungen über Gedanken zu machen, die im Haus Amok liefen, und ging stattdessen in die Hocke, um die oberste Seite eines Stapels zu betrachten. Die Details der Zeichnung überraschten ihn. „Heilige Kuh, Tessa. Hast du das alles heute Morgen gemacht?"

Sie nickte und verlagerte ihr Gewicht, während sie im Kreis um sich zeigte. „Entwurfspläne für Erdgeschoss und den ersten Stock. Geringfügige Änderungen im zweiten Stock, nur ein paar Kleinigkeiten, die den Ablauf in einem B&B erleichtern. Ich hoffe, es macht dir nichts aus."

Er war zu fassungslos, um verärgert zu sein. Es waren nicht nur Blasendiagramme mit groben Notizen wie „Toilette hier", sondern vollständige Pläne mit Maßen und allem. Mark blätterte durch den vierten Stapel, der zu seinen Füßen lag. „Das sind Möbeldesigns."

„Für die Gästezimmer. Dieser Stapel ist für die Doppelzimmer, der nächste für die Zimmer mit Stockbetten. Ich wollte wissen, was du davon hältst, bevor ich irgendwelche Familienzimmer plane. Willst du Kinder als Gäste haben oder lieber nicht?"

Mark ignorierte ihre Frage für einen Moment, als er sich am Boden niederließ. „Wie um alles in der Welt hast du das alles so schnell geschafft?" Er starrte auf die Seiten. „Und das ist alles absolut genau. Du hast Maße für die Räume – wo hast du dein Maßband versteckt?"

„Es ist eingebaut." Sie lächelte und tippte sich an die Schläfe. „Ich kann mir einen Raum ansehen und die Abmessungen auf einen Blick erkennen. Es ist keine sehr nützliche Fähigkeit, außer, wenn es um das Entwerfen geht. Oder Parken ... Ich kann parallel in Parkboxen einparken, bei denen dir die Haare zu Berge stehen würden."

Heilige Scheiße. Er legte den Stapel ab und griff nach dem nächsten, wieder einmal erstaunt über die Details und die schlichte Schönheit ihrer Entwürfe. „Ich finde deine

Ideen brillant. Du hast in einer Stunde genug vorgelegt, um mich die nächsten vier Monate zu beschäftigen."

„Ich werde helfen", bot Tessa an. „Ich kann einen Hammer schwingen, und es macht mir nichts aus, mich schmutzig zu machen."

Mark tauschte die Zeichnungen gegen ihre Hände und hielt sie fest. „Ich bin ... beeindruckt. Und angenehm überrascht."

Tessa strahlte. Und zappelte herum.

Er betrachtete sie genauer und versuchte herauszufinden, warum sie sich auf so seltsame Weise bewegte. „Tessa, worauf sitzt du?"

„Ein Balanceboard. Das gibt meinem Körper was, auf das er sich konzentrieren kann, während ich mit meinen Händen beschäftigt bin. Keri kam auf die Idee, als wir auf dem College waren. Sie ist meine beste Freundin. Du kennst sie, nicht wahr? Natürlich kennst du sie, sie hat sich im Juli mit Jared gepaart. Ich glaube, sie hat gesagt, dass sie im Herbst zurückkommen würde."

„Ich kenne sie." Nun, ein Pluspunkt für ihn: Seine Gefährtin hatte schon eine Freundin im Rudel. „Wir können sie und Jared treffen, wenn sie wieder da sind. Warum rufst du sie nicht an, um herauszufinden, wann sie kommen?"

Sie sprang auf die Füße und balancierte irgendwie weiter auf dem Holzbrett, während sie ihn mit sich in die Höhe zog. „Das würde mir sehr gefallen. Du bist so süß."

Mark rappelte sich auf, um die Stapel mit ihren Entwürfen aufzuheben. „Wir werden diese Ideen besprechen, nachdem du mit ihnen telefoniert hast."

„Das wäre großartig. Hey, du hast mir noch nicht gesagt, was dir lieber ist – Familienzimmer ja oder nein?"

Er hatte es vermieden, darüber nachzudenken, weil die

Antwort in seinem Kopf verworren war. Das Bild von kleinen Kindern, die durch das Boot rannten, ließ ihn daran denken, dass eines Tages *ihre* Kinder durch die Gänge rennen würden. Was zu Bildern von Tessa als Schwangere führte, was wiederum zu farbigen, hochauflösenden Live-Action-Sexszenen in Spielfilmqualität ablaufen ließ, in denen sie und er die Hauptrollen spielten.

Obwohl er sich ziemlich sicher war, dass Pornos nichts mit dem eigentlichen Ereignis zu tun hatten. Nicht, wenn sie Gefährten waren.

Irgendwann in der letzten Minute war er wieder näher herangekommen, und als sie auf dem Brett schwankte, berührte ihr Oberkörper seinen. Mark schluckte schwer und ignorierte die sofortige Reaktion seines Körpers. Dann zwang er die Worte heraus. „Kinder sind okay.”

Tessa sprang in die Luft und schlang ihre Arme und Beine um ihn. Er ließ die Skizzen fallen, um sie aufzufangen, seine Hände unter ihrem Po, während sie sich nach vorn beugte und ihre Lippen auf seine drückte. Er saugte ihren Geschmack auf wie ein Hungernder.

Sie legte ihre Stirn an seine, und ein zufriedenes Lächeln erhellte ihr Gesicht. „Ich denke, ich mag dich.”

„Na, das ist gut.” Nichts würde ihn davon abhalten, die vorübergehende Wärme der Berührung ihrer Körper zu genießen. Er fügte der Liste dessen, was er über sie wusste, noch ein paar Punkte hinzu. *Impulsiv, aber talentiert. Sportlich.*

„Ich denke, wir können gemeinsam Großes erreichen”, verkündete sie. „Wir werden ein tolles Team.”

„Ein Team?” Er wollte sich diese Gelegenheit nicht entgehen lassen. „Mehr als das, Tessa. Wir sind Gefährten. Unsere Fähigkeiten ergänzen sich.”

Sie sah ihn mit großen Augen an und nickte langsam. „Cool. Und du magst Kinder."

„Ich mag dich." Das reichte ihm für den Moment.

Sie schien es nicht eilig zu haben, wegzukommen, also nutzte er die Gelegenheit und küsste sie nochmal. Knabberte an ihrer Unterlippe, während sie fröhlich summte und ihre Finger in seinem Haar vergrub. Ihr Mund war so weich unter seinem, ihr wunderbarer Duft flüsterte durch seinen ganzen Körper und steigerte irgendwie seine Anspannung, obwohl er ihn gleichzeitig befriedigte.

Er leckte die Naht ihrer Lippen und sie schmiegte ihre Zungenspitze an seine. Es folgte ein Kopfrausch, Reizüberflutung par excellence. Mark verlor sich im Gefühl seiner Gefährtin.

Wenn er nur gestohlene Küsse bekommen könnte, würde er das Tier in seinem Inneren dazu zwingen, sich damit zufriedenzugeben. Er und Tessa hatten die Ewigkeit vor sich. Zusammen. Wenn es ein paar Tage länger als sonst dauerte, um die Reise anzutreten, hatte er genug Geduld, um durchzukommen.

Am Ende würde es sich lohnen.

Mark genoss den Kuss und ihr Gewicht in seinen Händen. Den innigen Kontakt zwischen ihren Körpern. Er speicherte alle Empfindungen in der Hoffnung, dass sein Wolf nicht rebellieren und seine guten Absichten zunichtemachen würde.

Das Tier brummte, beruhigte sich aber zumindest vorerst.

6

Als sie mit dem Abendessen fertig waren, war Tessa seltsam erschöpft. Sie räumte jedoch das schmutzige Geschirr von der Theke in die Spülmaschine, bevor sie aufstand und ihren Rücken streckte.

„Und nochmal, tut mir leid wegen der Sauerei, die ich heute Morgen angerichtet habe." Es gab keine Entschuldigung dafür. Sie war kein dummer Teenager mehr, dem ihre Mutter hinterherräumen musste. Ihr Mangel an Rücksichtnahme ärgerte sie.

Sie war eine fähige, erwachsene Frau. Sie hatte eine Kreuzfahrt organisiert und geleitet – und heute Morgen hatte sie kindischerweise eine Küche hinterlassen, die aussah, als wäre ein Wirbelsturm durchgezogen?

Tessa richtete sich auf und keuchte, überrascht darüber, wie nah Mark war. Er nahm ihr Gesicht in beide Hände und schüttelte den Kopf. „Hör auf, dich zu entschuldigen. Das war keine große Sache. Wir hatten einen großartigen Tag, waren sehr produktiv und ein paar zusätzliche Tassen sind schon vergessen. Okay?"

„Sicher." Nur, dass die Schuldgefühle blieben.

Ihre Augenlider waren schwer, und sie war hundemüde, obwohl dieser besondere Gedanke sie zum Kichern brachte.

Seine Berührung blieb sanft auf ihrer Haut. Sein Daumen streichelte ihre Wange, während er ihren Blick suchte. „Lass uns ein bisschen frische Luft schnappen. Willst du laufen gehen?"

Ihre Katze schoss empor wie eine Sprungfeder und rasende Erleichterung durchflutete ihre Glieder. „Ja, oh, das wäre wunderbar!"

Mark legte die Hand zwischen ihre Schulterblätter und schob sie in Richtung Schlafzimmer. „Zieh dich aus und wandle um. Ich werde an der Hintertür auf dich warten – sie ist so eingestellt, dass wir sie in beiden Gestalten öffnen können."

„Warte."

Er wollte sich gerade umdrehen, hielt aber mitten in der Bewegung inne.

Tessa war sich nicht sicher, woher diese innere Verwirrung kam. Etwas stimmte nicht, aber sie wusste nicht, was es war.

„Tessa?"

Sie rang das seltsame Gefühl nieder und lächelte. „Nichts. Wir treffen uns gleich an der Tür."

Warum hallte die Stille im Raum wider, als sie ihre Kleider auszog und auf den Sessel legte? Sie sah sich um und suchte nach einem Hinweis darauf, was sie so unruhig machte. Nichts schmerzte. Nichts ergab einen Sinn außer dem zunehmenden Drängen ihrer Katze auf den versprochenen Lauf.

Sie ging nackt durch die Küche, da sie im Schlafzimmer nicht wandeln wollte. Ihr Puma streckte sich und rieb gegen ihre Haut, also blieb sie am oberen Ende der Treppe stehen und gab nach. Sie ließ das Wandeln geschehen, Gliedmaßen und Muskeln ordneten sich neu, während sie sich in ihre andere Gestalt entspannte.

Der übliche Rausch von „fühlt sich gut an, sich zu wandeln", der immer Teil der Transformation war, war so abgeschwächt, dass sie einen Moment lang verwirrt dasaß.

Jetzt hatte die Katze mehr Kontrolle als der Mensch, und der Puma wollte sich bewegen. Sie glitt die Treppe hinunter und ignorierte all die Dinge, die sie vorher abgelenkt hätten; stattdessen wollte sie unbedingt dorthin, wo sie frei laufen konnte.

Mit Mark laufen. Ihrem Gefährten.

Tessa hatte sich vorgestellt, dass dieser Gedanke ihren Puma viel mehr ärgern würde, als es tatsächlich der Fall war. Der Anblick von Mark im Pelz könnte etwas mit der inneren Ruhe zu tun haben. Tessa wünschte, sie hätte sich die Zeit genommen, ihn genauer anzusehen bevor sie gewandelt hatte, denn er war ein wunderschönes Tier, zumindest soweit eine Katze einen Hund schätzen konnte.

Weiße Schnauze, dickes, silbernes Fell mit schwarzen Abzeichen. Er nickte ihr zu, bevor er sich auf die Hinterbeine stellte, um den Türknauf zu erreichen. Der flache Hebel senkte sich unter seiner Berührung, die Tür schwang auf, und er wartete darauf, dass sie vor ihm hinausschlüpfte.

Er stieß die Tür mit der Stirn zu und strich dann, während sie sich noch orientierte, an ihrer Schulter vorbei und machte sich auf den Weg.

Die Jagd hatte begonnen.

Direkt hinter dem Raddampfer wartete die Wildnis auf sie. Die hintere Zaunlinie war bei den Bäumen, und als sie sie überwunden hatten, waren vor ihnen nur noch sanft geschwungene Hügel. Schmale, aber scheinbar oft bewanderte Pfade führten durch das Unterholz, und Mark sprang von einem zum nächsten und führte sie weiter die Hügel hinauf. Die Hitze des Tages ließ nach und machte kühlerer Luft Platz, die an der Erde haftete und von den Höhen herabwehte.

Tessa zwang sich, ihn einzuholen, und die Beanspruchung ihrer Muskeln überwand endlich das seltsame Unwohlsein, das sie befallen hatte. Ihr Blut rauschte, und ihr Geist beruhigte sich, als wären all die überschüssigen Ideen, die ihr sonst durch den Kopf schossen, in der Mechanik der Pfoten, die auf die Erde schlugen, aufgebraucht.

Er verschwand außer Sicht, und sie lief schneller, um zu ihm aufzuschließen. Sie rannte auf eine Lichtung und wurde von seinem Angriff von der Seite zu Boden geschleudert.

Gelächter perlte empor, die pure Freude der Katze, die seine Verspieltheit als Wolf genoss. Er kroch von ihr herunter und wich mit gesenktem Kopf und wedelndem Schwanz zurück.

Sie leckte eine Pfote und wischte sich damit über ihre Ohren, strich ihr Fell wieder glatt und wischte die Blätter weg, die an ihr hingen.

Marks Maul öffnete sich, und sein Wolfsgrinsen sagte alles. Er hielt sie für eine typische Katze, oder? Tessa ignorierte ihn und sah sich auf der Lichtung um, zu der er sie gebracht hatte, und bewunderte die Aussicht, die sich auf der vom Wind abgewandten Seite des Hügels bot.

Die Aussicht vom Raddampfer war wunderschön, aber das hier war spektakulär. Die letzten Sonnenstrahlen fielen in Streifen über das Land und erzeugten einen Scheinwerfereffekt auf der Wiese. Tessa hatte es nicht vorgehabt, sondern reagierte einfach, machte sich auf den

Weg zum nächsten Sonnenfleck und streckte sich träge, während die Wärme sie einhüllte.

Eine andere Art von Hitze traf sie. Mark rieb sich an ihrer Seite entlang, bis er es geschafft hatte, sich um sie zu schlingen, um deutlich seine Besitzansprüche anzumelden. In ihrer Katzengestalt war es seltsam, wie wenig sie dieser Gedanke störte.

Die Menschenfrau war jedoch die Seltsame. Sie stieß ihre Nase gegen seine Schnauze, bevor sie sich von ihm löste, damit sie ihn nicht verletzte. Dann wandelte sie zurück und näherte sich in ihrer menschlichen Gestalt seiner Seite.

„So hübsch." Sie strich mit ihrer Hand über seinen Kopf und seinen Rücken hinunter, und Mark brummte glücklich.

All die nervöse Angst, die sie zuvor gespürt hatte, war verflogen und platzte wie Seifenblasen, und Tessa folgte ihrem Instinkt. Sie streckte sich auf dem dicken Moos aus und legte ihren Kopf auf seinen weichen, pelzigen Rücken. Das gleichmäßige Schlagen seines Herzens und die letzte Wärme der Sonne beruhigten sie auf halbem Weg zwischen Schlaf und Wachsein.

Sie hatte ihn vollkommen im Griff. Mark legte das Kinn auf seine Vorderpfoten und beruhigte seine rasenden Gedanken. Tessas Katzengestalt war ziemlich cool. Es würde immer noch Fragen geben, ob das Rudel sie akzeptierte, aber ...

Zeit. Gib der Sache Zeit. Er atmete durch die Nase aus und beobachtete, wie die winzigen Gräser vor ihm schwankten.

Die Sonne ging in weniger als zehn Minuten unter. Obwohl er es hasste, sie zu stören, sollten sie hineingehen, vor allem, da sie nackt im Busch lag. Er drehte langsam seinen Kopf, bis er ihr Gesicht sehen konnte. Die Versuchung lockte.

Mark leckte sie von der Wange bis zur Schläfe.

Sie verzog das Gesicht, als sie ihre Augen aufriss, dann grinste sie. „Hey, nichts davon, sonst erwische ich dich irgendwann, wenn du ein Nickerchen machst und räche mich."

Sie kehrte zu ihrer Pumagestalt zurück, und diesmal überließ er ihr das Tempo und folgte ihr, um sicherzugehen, dass sie den richtigen Weg einschlug, der sie nach Hause führen würde.

Nach Hause. Diese Worte machten ihn jetzt glücklicher als je zuvor.

Innerhalb einer halben Stunde saßen sie vor dem Kamin, der Wasserkocher auf dem Herd pfiff leise. Sie hatten beide Jogginghosen angezogen, Tessa trug ein T-Shirt aus seiner Schublade, das einen winzigen Teil seines Hungers stillte.

Als er sich auf das Sofa setzte, stand Tessa von dem Sessel auf, in dem sie sich zusammengerollt hatte, während er gearbeitet hatte, kroch stattdessen auf seinen Schoß und kuschelte sich an ihn.

Jeder Muskel spannte sich an, sein Wunsch, sie zu nehmen, kam mit voller Wucht zurück.

„Vielen Dank für den schönen Lauf." Sie flüsterte die Worte an seinem Hals. Er streichelte sie, seine Hände vergruben sich instinktiv in ihrem Haar. Der Tee war vergessen, als er ihr Kinn hob und sie küsste.

Jedes Mal, wenn er sie berührte, wurde es leichter und

gleichzeitig schwerer zu warten. Einfacher, weil es so verdammt richtig war. Geistig war er an Bord.

Körperlich? Da war das Problem. Das Warten würde härter werden – härter als sein Schwanz, der gegen ihre Hüfte drückte. Sie musste es spüren, so, wie sie auf seinem Schoß saß. Sie musste wissen, wie sehr sie ihn berührte.

Er zügelte sein Verlangen. Er schaffte es, nicht mehr in ihrem Geschmack zu ertrinken. Er zog sie an seine Brust und bemühte sich, seinen Atem zu beruhigen.

„Erzähl mir was, das ich nicht über dich weiß." Er strich ihr das Haar über die Schulter. „Erzähl mir von einem Traum, den du hast – etwas, das du erreichen willst."

Denn obwohl er sie wollte, wollte er alles. Und je früher er seinen Verstand mit „alles über Tessa" füllen konnte, desto besser.

Sie setzte sich auf, den Kopf geneigt, und sah ihm in die Augen. „Ich möchte das Gefühl haben, bei etwas erfolgreich zu sein."

Die seltsame Art und Weise, wie sie es betont hatte, zwang Mark, über ihre Bemerkung nachzudenken, bevor er antwortete. „Meinst du nicht, ein Erfolg zu *sein*?"

Tessa schüttelte den Kopf. „Ich ..." Sie hielt inne. „Das bin ich schon. Ich habe eine großartige Ausbildung genossen, eine Familie, die mich unterstützt und ein Unternehmen leitet, zu dem ich meinen Beitrag leisten konnte – und am Ende habe ich nicht allzu viel vermasselt. Von außen betrachtet denke ich, dass die Leute mich sehen und davon ausgehen, dass ich alles im Griff habe."

Das hatte er gedacht. „Aber du hast nicht das Gefühl, dass dem so ist?"

Die strahlende Belustigung, die normalerweise in ihrem Gesicht zu sehen war, fehlte, genauso wie das Herumzappeln, das er erwartet hatte. „Wenn am Ende alles gutgeht, ich aber nichts getan habe, um dafür zu sorgen, sollte ich mich dann erfolgreich fühlen? Das ist Zufall und nichts, wofür man Bewunderung verdient, Mark."

Oh Mist. „Deswegen hat sich die Gefährtensache für dich komisch angefühlt, oder? Warum willst du, dass ich alles über dich weiß und Gefühle für dich habe, bevor wir es offiziell machen?"

„Seinem Gefährten über den Weg zu laufen, muss die reinste Form von Zufall sein, die es gibt." Tessa strich mit einem Finger über seine Stirn und rieb die Anspannung weg. „Es ist nicht falsch, aber es ist einfach nicht richtig. Es ist so ... unspannend. Warum will dein Wolf mich?"

Weil es *richtig* war. Sie gehörten zusammen, aber das zu sagen würde sie nicht überzeugen.

Außerdem hatte sie recht, auch wenn sich solche Dinge später bei Wölfen normalerweise von selbst erledigten. „Danke, dass du mir das sagst. Ich fühle mich geehrt, dass du mir so weit vertraust."

Sie schnaubte. „Manchmal bin zu ehrlich für mein eigenes Wohl."

„Das habe ich schon auf meiner Liste über dich", sagte Mark. Sie zog die Augenbrauen hoch, und er beeilte sich, sie zu beruhigen. „Nicht, dass du *zu* ehrlich bist, sondern *dass* du ehrlich bist. Mir gefällt, dass du Problemen nicht aus dem Weg gehst, Tessa. Das ist eine gute Einstellung. Hält die Kommunikation aufrecht und macht es mir leichter, meine Fehler zu korrigieren, falls ich später mit dir Mist baue."

Das zauberte ihr ein Lächeln ins Gesicht. „Bist du sicher, dass du derjenige bist, der Mist bauen wird? Bisher scheint es mir eher so, als wäre ich diejenige, die in dieser Beziehung links, rechts und in der Mitte Bomben platzen lässt."

„Du gibst also zu, dass wir eine Beziehung haben?"

Sie stieß ihm den Finger in die Brust und beugte sich näher zu ihm. „Ich sitze auf deinem Schoß und erzähle dir meine tiefsten, dunkelsten Geheimnisse. Du solltest besser davon ausgehen, dass das mehr als nur ein lockerer Flirt ist, Kumpel. Mir gefällt das Daten."

„Ist es Daten, wenn es mit deinem Gefährten ist?" Er würde sie nicht vergessen lassen, wohin das führen würde.

„Hmmm, wie auch immer wir es nennen wollen, es ist in Ordnung."

Ihre Hände glitten über seine Brust, ihre Fingerspitzen kitzelten seine empfindliche Haut und fachten seine Sehnsucht an. Der Abstand zwischen ihnen schwand, und ihre Münder trafen sich wieder. Langsame, tiefe Küsse, die seine Gliedmaßen ent- und andere Teile anspannten.

Er streichelte ihren Rücken. Ihre Taille. Er ließ eine Hand ihren Bauch emporgleiten, bis er eine Brust in seine Handfläche legte. Ihre Brustwarzen richteten sich auf und zeichneten sich unter dem Stoff des T-Shirts ab.

Die ganze Zeit küsste sie ihn, erkundete ihn mit ihrer Zunge und ließ ihn an ihren Lippen knabbern. Er löste sich von ihr und drückte eine Reihe von Küssen auf ihren Kiefer, bis er ihr Ohrläppchen erreichte und es in seinen Mund saugen konnte.

Ihr Ganzkörpererschauern war mehr als genug Belohnung.

„Tessa. Lass mich ..." Wenn er betteln würde, worum sollte er dann betteln? Kleine Schritte bedeuteten, dass er nicht bekommen würde, was er wollte, was bedeutete, dass er sie in den Wahnsinn treiben würde, bis sie ein halbes Dutzend Orgasmen hatte, bevor er sich in ihr vergrub und sie gründlich markierte.

Sie packte den Saum des T-Shirts, das sie trug, und zog

es aus. Als sie so ihre nackten Brüste entblößte, lösten sich alle Gedanken ans Betteln auf, verschluckt von rasendem Verlangen.

~

TESSA UNTERDRÜCKTE IHR LACHEN. Sie war erregt und wollte spielen, aber der Ausdruck auf Marks Gesicht im Moment? Der süßeste Dackelblick! Obwohl sie nett sein und diesen Gedanken nicht laut aussprechen würde.

Wölfe konnten, was so etwas anging, empfindlich sein.

Sie hatte vorgehabt, sich ein bisschen zu zieren, zu flirten und so weiter. Sie hatte jedoch eine wichtige Tatsache vergessen. Sie hatte ihn den ganzen Tag schon geneckt.

Er packte ihre Hüften, und plötzlich war sie in der Luft, hochgehoben über seinem Schoß, wo er sie festhielt, sodass sie auf ihn hinabblickte, während er auf Augenhöhe mit ihren Brüsten war. Die Vorfreude wuchs, als er sich nicht regte.

„Du scheinst unsicher zu sein, was du als Nächstes tun sollst." Tessa strich mit ihren Händen über seinen Kopf.

Sein Blick hob sich das kleine Stück, das nötig war, um Blickkontakt mit ihr herzustellen. „Ich weiß, was zu tun ist, aber ich genieße es."

„Wie ein Steak?"

„Ich habe keine Einwände dagegen, dich mit Haut und Haaren aufzufressen."

„Du großer, böser Wolf – *oooh!*"

Er hatte offensichtlich aufgehört zu genießen, weil sich warme Lippen um ihre Brustwarze schlossen. Mark saugte, und prickelnde Ranken der Lust breiteten sich aus und krochen um ihren Oberkörper. Sie bekam eine kurze

Atempause, als er die Seite wechselte, sie wie Eiscreme leckte und seine Zunge über die zarte Knospe zog. Sein Griff um ihre Hüften blieb fest genug, um sie dorthin zu drehen, wo er sie wollte, doch die zärtliche Liebkosung seiner Daumen verstärkte die erotische Qual.

Eine Seite, dann die andere. Tessa schloss die Augen und genoss es selbst. Die Zärtlichkeit in seiner Berührung blieb, aber auch die Dringlichkeit war da. Schwerer Atem, pochendes Herz. Ohne seine Lippen von ihrer Haut zu nehmen, berührte er den Rand ihres Höschens.

Sie zitterte bei diesem Gefühl. Er spielte am Saum hin und her und strich mit seinen Fingerknöcheln über die Mitte ihres Hügels, während er seine Zähne um ihre Brustwarze schloss.

Direkter Treffer. Die Lust übermannte sie schnell. Er hatte gerade erst angefangen, die wirklich guten Stellen zu berühren, und sie war schon kurz davor, zu kommen. Jetzt glitten seine Finger unter den Stoff und zwischen ihre Schamlippen.

Mark summte anerkennend. „So nass. Lass mich dafür sorgen, dass du dich gut fühlst."

Sie hätte zugestimmt, konnte aber nichts sagen. Nur das lange, leise Schnurren einer Katze, das sie verlegen gemacht hätte, wenn er nicht ihre Klitoris gefunden hätte.

War es ihr peinlich? Das hing davon ab, wie schnell sie kommen würde.

Er streichelte sie mit seinen Fingerspitzen und konzentrierte seine Aufmerksamkeit dabei auf die empfindliche Stelle. Das intensive Vergnügen steigerte sich schneller und wuchs, als er wieder ihre Brüste küsste. Tessa hielt den Atem an, als der Moment kam und der Puls in ihrem Innersten alle möglichen unglaublichen Chemikalien durch ihren Körper pumpte. Sie presste seinen Kopf an ihre Brust und wiegte sich ekstatisch.

Er stützte sie, bis sie aufhörte zu zittern, und seine rechte Hand streichelte sie, wo immer er konnte. Ihre Hüften, ihr Rücken, ihren Brustkorb hinauf mit einem zarten Flüstern. Tessa holte tief Luft und lächelte ihn befriedigt an.

Dann hob sie eine Augenbraue und leckte sich die Lippen. „Ich bin dran ...”

Die gierige Hoffnung in seinen Augen war unverkennbar. Tessa rutschte rückwärts von seinem Schoß und fuhr mit ihren Händen über seine Schenkel. Diesmal war es an ihr, ihn zu erkunden. Zu sehen, was ihm Spaß machte, und die Anspannung in seinem starken Körper ein wenig zu lindern. Sie zog an seinem T-Shirt, und es verschwand von einer Sekunde auf die andere.

Wirklich gierig.

Die große Beule in seiner Jogginghose war auch ziemlich unverkennbar. Sie nahm sich jedoch ein Beispiel an dem, was er getan hatte, und als sie sich nach vorn beugte, drückte sie ihre Lippen auf seinen festen Bauch.

Mark stöhnte.

Sie leckte an seinen Muskeln entlang, ließ sich Zeit und arbeitete sich Zentimeter für Zentimeter tiefer.

Er knurrte. Ein langer, tiefer Laut, der dem ähnelte, den sie zuvor von sich gegeben hatte. Sie wusste genau, was es bedeutete.

Sie hob ihren Kopf, genau im richtigen Moment, damit sie seine Reaktion genießen konnte, als sich ihre Finger um seine harte Länge schlossen. Die Befriedigung, ihn die Augen schließen zu sehen, traf sie im selben Moment, als ein eigenartiges Geräusch durch das Haus hallte. Ein bisschen wie das Zuschlagen einer Tür.

Mark riss die Augen auf.

Von irgendwoher in der Ferne war Gesang zu hören. Im Erdgeschoss? Und er kam näher. Ein Seemannslied, eines mit vielen undeutlichen Worten und großer Begeisterung.

Seine Finger schlossen sich um ihre Handgelenke, als Mark ihre Hände von seiner Scham zog. Sein Atem war erregt, wurde aber schon gleichmäßiger. „Wir müssen aufhören."

„Aber –"

Sie nahm das T-Shirt, das er ihr gab, und zog es sich über den Kopf, während sie verwirrt wartete. Er holte tief Luft, stand auf und zuckte zusammen, als hätte er Schmerzen.

Der Gesang wurde lauter, und Tessa ahnte, was es war. „Oh."

Mark rückte sich zurecht und zwinkerte ihr zu. „Mit *oh* hast du recht."

Er zog sein Hemd an, bevor er zum oberen Ende der Treppe ging. Sie warteten wortlos und grinsten einander stattdessen an, bis sein Großvater zu sehen war.

Der Mann legte extra Leidenschaft in das Ende des Refrains, bevor er Mark auf die Schulter klopfte und sich ihr zuwandte.

„Nun, schön, dich wiederzusehen, Liebes. Bereit für die Reise? Hast du alles, was du brauchst?"

Sie hatte keine Gelegenheit, etwas zu sagen, bevor Mark antwortete. „Natürlich ist sie bereit. Wirst du uns bald rausbringen?"

Er führte den älteren Wolf ins Wohnzimmer und setzte ihn in einen ausgesessenen Lederschaukelstuhl.

„Wir fahren mit der Flut. Ich habe gehört, dass sich das Wetter ändern wird – wir wollen bei hohem Wellengang an den Engstellen vorbei."

Mark nickte kurz. „Ja, Sir."

Gramps verstummte und starrte ins Feuer. Mark setzte sich wieder auf das Sofa und streckte Tessa eine Hand entgegen. Sie rollte sich an seiner Seite zusammen. Die sexuelle Spannung zwischen ihnen blieb bestehen, und sie hatte schon einen Orgasmus gehabt. Sie konnte sich nicht vorstellen, wie Mark sich fühlte.

Er drückte seine Lippen auf ihre Schläfe. „Hör auf, dir Sorgen zu machen. Alles ist ok."

Er sprach leise, also passte sie sich seiner Lautstärke an. „Hast du heute Abend mit ihm gerechnet?"

Mark lachte und strich ihr mit den Fingern durchs Haar. „Ich denke, du kennst die Antwort darauf angesichts dessen, was er unterbrochen hat."

Grandpa holte seine Pfeife hervor und summte seine Melodie, während er sich bemühte, den Tabak anzuzünden. Dann lehnte er sich zurück und lächelte. Er schaukelte langsam vor und zurück und starrte in die Flammen, während eine aromatische Wolke ihn einhüllte.

Sein Auftauchen war nicht beängstigend oder so, nur unerwartet. Tessas Neugier wuchs.

Mark berührte ihre Wange und lenkte ihre Aufmerksamkeit auf sich. „Er ist manchmal ein bisschen … verwirrt. Das war sein Schiff, und manchmal reist er irgendwie in die Vergangenheit zurück. Ich weiß nicht, wann er auftaucht, was einer der Gründe dafür ist, dass ich es nie verkauft habe."

„Aber du kannst es nicht verkaufen."

Mark holte tief Luft und nickte, dann war er an der Reihe, ins Feuer zu starren. „Ich könnte das Grundstück allein als Grundstück verkaufen, aber was würde dann passieren? Gramps ist im Seniorenheim glücklich, bis auf die gelegentlichen Momente, in denen er vergisst, welches

Jahr wir haben. Dann kommt er und bleibt ein paar Nächte, scheint dann aufzuwachen und geht wieder nach Hause. Ich kann mir nicht vorstellen, was passieren würde, wenn er während einer solchen Episode herkommen und feststellen würde, dass der Dampfer weg ist. Er wäre am Boden zerstört. Würde glauben, sie wären ohne ihn gefahren oder so."

Gramps schaukelte weiter, während Marks Geständnis sie erschütterte. „Du bist um seinetwillen geblieben."

„Er ist meine Familie." Mark lächelte seinen Großvater liebevoll an. „Er ist der Grund, warum ich es im Frühjahr nicht zu dir auf das Kreuzfahrtschiff geschafft habe – ich hatte einen Job bei der Wartungsmannschaft, wusstest du das? Derjenige, der mir versprochen hatte, während meiner Abwesenheit auf ihn aufzupassen, ist an diesem Morgen nicht aufgetaucht. Ihr habt abgelegt, bevor ich andere Vorkehrungen treffen konnte."

Ein weiteres Rätsel gelöst. „Keri und Jared haben kein Problem damit, wie das ausgegangen ist."

Sie saßen eine Weile in behaglicher Stille da – nun ja, so behaglich, wie Mark in seinem Zustand sein konnte. Tessa lehnte ihren Kopf an seine Schulter und flüsterte: „Wir könnten ins Bett gehen ..."

Seine Nasenflügel blähten sich für einen Moment. „Verlockend, aber ich sollte besser ihn zuerst ins Bett bringen."

Er stand auf und zog sie mit, küsste sie, bevor er ihr eine Haarsträhne hinters Ohr strich. „Geh schonmal ins Bett. Wir sehen uns später."

Tessa kroch unter die Bettdecke und fühlte sich noch verwirrter als in dem Moment, als Mark zum ersten Mal verkündet hatte, dass sie Gefährten waren. Sie versuchte, wach zu bleiben, bis er hereinkam, damit sie zu Ende bringen konnten, was sie angefangen hatten, oder zumindest Zeit zum Reden hatten.

Doch die weichen Kissen beruhigten sie, und ehe sie sich versah, kündigte der Sonnenschein den Beginn eines neuen Tages an.

7

———

Montag

Gramps machte ihnen Frühstück, bevor er einen Mopp hervorholte und „die Decks schrubben ging".

Mark entschuldigte sich kurz danach. „Ich werde in die Stadt gehen und beim Genehmigungsbüro vorbeischauen, um zu sehen, wie lange das alles dauern könnte. Wenn es dich interessiert, kannst du mitkommen."

Aus irgendeinem Grund gefiel ihr der Gedanke, irgendwohin zu gehen, nicht so sehr wie sonst. „Geh du nur. Es brennt mir in den Fingern, das Boot noch ein bisschen mehr zu erkunden. Außerdem will ich an ein paar Ideen für Broschüren arbeiten."

Er starrte sie einen Moment lang an, bevor er die Hand um ihren Nacken legte und sie für einen kurzen, intensiven Kuss an sich zog. Als sie sich trennten, prickelten ihre Lippen, und seine Pupillen wurden dunkel. Er streichelte ihre Wange. „Wenn dir was einfällt, was du brauchst, mach eine Liste."

Die Tür schloss sich hinter ihm, und etwas sehr Unbehagliches kroch ihren Rücken empor und machte sie lustlos. Nervös.

Sie wanderte eine Weile durch die beiden unteren Stockwerke und stellte sich vor, wie die Änderungen, die sie gezeichnet hatte, aussehen würden, wenn sie abgeschlossen waren. Das Schiff würde wunderschön sein, wenn es fertig war. Sie nahm sich einen Stapel Haftnotizen und klebte Informationen, die sie sich merken wollte, an die Wände, um sie mit Mark zu besprechen, wenn er zurückkam.

Der durch das Fenster fallende Sonnenstrahl musste der Grund dafür gewesen sein, dass sie eine halbe Stunde später, als sie von einem Nickerchen erwachte, überrascht blinzelte. Sie konnte sich jedoch nicht erinnern, in sein Schlafzimmer zurückgekehrt zu sein oder das T-Shirt angezogen zu haben, das nach ihm roch.

Sie brauchte ihre volle Konzentration, um ein bisschen Computerarbeit zu bewältigen, bevor Mark mit Lebensmitteln und einem Stapel Versandkatalogen zurückkam.

Sie blätterte schnell durch den Stapel. Lampen, Griffe, Armaturen. „Oh schön."

Mark lächelte, als er sich zu ihr setzte, um die Sandwiches zu essen, die sie belegt hatte, während er die Lebensmittel weggeräumt hatte. „Ich dachte, du hättest gern was zum Blättern, anstatt nur online einzukaufen."

„Das ist süß von dir. Danke."

„Kein Problem. Außerdem habe ich gute Nachrichten von der Renovierungsfront. Jemand aus dem Rudel arbeitet in der Genehmigungsabteilung, und er hatte Zeit, mit mir zu sprechen." Mark nickte Gramps zu, während der ältere Mann ihre Gläser nachfüllte. „Er wird dafür sorgen, dass die Formulare schnell für uns bearbeitet werden. Das bedeutet nicht, dass wir in den wichtigen Dingen mit irgendwas davonkommen können, was nicht den technischen Standards entspricht, aber es bedeutet, dass wir sofort anfangen können."

Tessa saß geschockt schweigend da.

Mark grinste breiter. „Was ist los, hat es dir die Sprache verschlagen?"

Sie streckte ihm für eine Sekunde die Zunge heraus, bevor sie den Kopf schüttelte. „Du machst Witze, oder? Wir können jetzt schon mit den Renovierungsarbeiten anfangen?"

„Heute Nachmittag werden mir die erste Ladung Holz und ein Müllcontainer geliefert. Wir können rausschmeißen, was raus muss und direkt loslegen. Ich habe ein paar Leute aus dem Rudel gebeten, bei der harten Arbeit zu helfen."

Sie war sich nicht sicher, wie sie reagieren sollte. „Das ist unglaublich. Als ich meine Flüge arrangiert habe, dachte ich, wir würden wochenlang verhandeln, bevor wir mit irgendwas anfangen können."

„Warum warten? Ich hab's dir gesagt. Das ist jetzt dein Zuhause. Warum also nicht damit anfangen, deine Träume wahr werden zu lassen?" Er ergriff ihre Hand und drückte sie. „Glücklich?"

„Mehr als ich es in Worte fassen kann."

Grandpa lehnte sich in seinem Stuhl zurück. „Wollt wohl den alten Dampfer aufpeppen? Klingt nach einem guten Plan. Ein bisschen Spucke und Politur sind immer gut. Soll ich meine Ausrüstung in die Mannschaftsquartiere bringen?"

„Es ist okay, wo du bist, Grandpa." Mark zwinkerte Tessa zu, damit sein Großvater es nicht sah.

Die Sorge in Marks Stimme ließ sie innerlich ein bisschen schmelzen. Sie musste gähnen und blinzelte überrascht. Schon wieder? „Wow, ich weiß nicht, woher das kommt."

Mark zuckte mit den Schultern. „Wenn du ein bisschen schlafen willst, haben wir später Zeit, über alles zu reden."

Sie hätte ihm widersprechen sollen. Wenn die Arbeiten am B&B anfangen sollten, wollte sie dabei sein. Aber sie konnte kaum ihre Augen offenhalten, und wenn Mark sie nicht festgehalten hätte, hätte sie sich direkt am Tisch zusammengerollt. Er brachte sie ins Bett, saß einen Moment da und streichelte ihre Schultern und ihren Kopf.

„Ich mag dich, Mr. Weaver." Es gelang ihr, die Worte zu flüstern, bevor sie zum zweiten Mal an diesem Tag einschlief.

„Du wirst mich lieben", antwortete er überzeugt.

Oder vielleicht hatte sie es sich nur eingebildet.

Dienstag

Tessa war schockiert, als sie sah, dass der Wecker neben dem Bett zehn Uhr anzeigte, und richtete sich mühsam auf. Sie blieb eine halbe Stunde unter der Dusche, um aufzuwachen.

Als sie nach unten kam, entdeckte sie im Erdgeschoss ordentlich gestapeltes Baumaterial, die alten Wände waren schon herausgerissen und im Müllcontainer draußen.

An der Tür hing ein Zettel, und sie schlenderte hinüber, um ihn zu lesen.

Bringe Grandpa nach Hause. Ruf an, wenn du mich brauchst.

Ihre Nase zuckte, und ihre Katze beschwerte sich, dass

er weg war. Sie hatte ihr Handy in der Hand und wählte seine Nummer, bevor sie darüber nachgedacht hatte.

„Morgen, Dornröschen."

„Das ist mir so peinlich. Ich habe das Gefühl, als hätte ich plötzlich die Schlafkrankheit oder so. Bist du gestern Nacht überhaupt ins Bett gekommen?" Tessa steckte ihren Kopf in die Lagerräume am anderen Ende des Schiffs. „Wie hast du es geschafft, das alles so schnell zu machen? Ich habe überhaupt nichts gehört."

„Ich habe dir doch gesagt, dass Jungs aus dem Rudel vorbeikommen würden, um zu helfen."

Sie hatte all das verschlafen, und diese seltsame Tatsache ließ sie innehalten. Das Gute daran? Es gab etwas Positives über das Rudel zu sagen. „Ich hoffe, du hast dich bei den anderen für mich bedankt."

„Natürlich." Er antwortete so schnell, dass sie sich fragte, was los war, aber nur für einen Moment. Ihre Katze war zu sehr damit beschäftigt, das leere Deck zu durchstreifen, um sich unterhalten zu wollen.

„Wie geht's deinem Großvater?", fragte sie.

„Großartig. Hat entschieden, dass die Lachswanderung wichtiger ist als der Raddampfer. Er und seine Kumpels gehen für ein paar Tage raus."

Das bedeutete, dass sie allein sein würden. Tessas Gedanken rasten angesichts der unanständigen Möglichkeiten. „Kommst du nach Hause?"

„Sobald ich Grandpa abgeliefert habe. Mach du nur und lass es ruhig angehen. Wir werden heute Nachmittag den Hammer schwingen."

Es klang nach einer großartigen Idee, es ruhig angehen zu lassen. Aber bevor sie das tat, musste sie eines tun. Er hatte wie ein Hund gearbeitet – *ha!* –, um alles für den Bau vorzubereiten, das Mindeste, was sie tun konnte, war, eine essbare Mahlzeit zu kochen. Betonung auf *essbar*.

Mit dem Computer, dem Foodnetwork und ein paar verbrannten Fingern gelang es ihr. Ihre pure Entschlossenheit zwang sie, es durchzuziehen, während ausgerechnet ihre Katze darauf bestand, für Mark zu … sorgen.

Obwohl sie nicht ganz sicher war, was ihre Katze ihr sagen wollte. Die Katze konzentrierte sich ganz auf Bilder von Sonnenschein, warmen, weichen Kissen und entspannten Abenden am Feuer.

Tessa schüttelte den Kopf. *Wow*. Das war seltsam. Vielleicht hatte sie zu hart gearbeitet, bevor sie nach Haines gekommen war oder so.

Ihre Katze wollte offensichtlich Urlaub.

Nachdem die vielen Töpfe und Pfannen, die sie benutzt hatte, abgewaschen und wieder dort verstaut waren, wo sie hingehörten, nahm sie eine Decke vom Sofa und ging auf die Terrasse. Tessa zog einen der Liegestühle in eine Position, in der sie sich in der Sonne zusammenrollen und warten konnte, bis Mark zurückkam. Aus irgendeinem Grund war es viel wichtiger, ihn vorfahren zu sehen, als an irgendwas zu arbeiten.

Nun ja, mit dem beschleunigten Genehmigungsprozess war es wenigstens nicht so, dass ein fauler Tag das gesamte Projekt gefährden würde.

Irgendwie passierte es wieder. Sie schlief ein und erwachte erst, als Mark ihr eine Hand auf die Schulter legte.

„Hey.“

Er lächelte. „Auch hey. Willst du zum Abendessen reinkommen?“

Abendessen? „Wie kann es schon so spät sein?“

Er schob seine Arme unter sie und hob sie samt Decke hoch. „Also, da ist dieser große Ball, auf dem wir leben, die Erde, und die dreht sich langsam im Weltraum …"

Tessa knuffte seine Schulter. „Quatschkopf."

Er rieb seine Nase an ihrer, bevor er ihre Füße auf den Boden stellte und sie hielt, bis sie ihr Gleichgewicht fand.

Sie kicherte. „Das war irgendwie süß."

Mark hielt inne. „Was?"

„Dieser vorsichtige und zärtliche Teil. Ich bin eine Katze. Du könntest mich fallen lassen, und ich werde trotzdem auf meinen Füßen landen." Sie richtete sich schnell auf und küsste ihn auf die Wange. „Trotzdem danke."

Er starrte sie einen Moment lang an, bevor er tief Luft holte und das Thema wechselte. „Hier drinnen riecht es unglaublich."

„Oh, ich habe gekocht. Einen Moment nur." Sie eilte zum Schmortopf und hob den Deckel. Als ihr ein Schwall erstaunlicher Düfte entgegenschlug, wollte sie vor Freude schreien.

Mark trat hinter sie. „Ich dachte, du kannst nicht kochen."

„Kann ich auch nicht. Ich wette, es riecht besser, als es schmeckt. Irgendwas wird da rausgesprungen kommen und uns beide töten." Sie tauchte den Löffel in den Eintopf, um einen Versuch zu wagen.

Mark ergriff ihr Handgelenk und führte den Löffel zu seinem eigenen Mund.

Oje. „Nicht. Was, wenn ich dich vergifte?"

Er pustete auf den dampfenden Löffel. „Ich denke, wir werden's überleben."

Sie war versucht, sich die Augen zuzuhalten, als er seine Lippen um den Löffel schloss.

Mark blickte auf und kaute vorsichtig. Sie hielt den Atem an und wartete darauf, dass etwas Schreckliches passierte. Bisher schien es ihm gut zu gehen, und sie hörte ein zufriedenes Summen aus seiner Richtung.

Dann öffnete er die Augen weit und blinzelte, bevor er zu Boden fiel.

„O mein Gott, *Mark*!" Tessa ging neben ihm auf die Knie und beugte sich über ihn, um zu sehen, ob er erstickte. Wenn sie ihn getötet hätte, würde sie sich das nie verzeihen.

Nur, dass er sich auf sie rollte, und sie war unter ihm gefangen. Sein neckendes Lächeln war wieder da, als er sie unter sich festhielt. „Hmm, lecker."

„Du hast mir Angst gemacht." Sie schlug mit der Faust gegen seine Brust. Diesmal würde sie ihn wirklich töten.

Er beugte sich vor und küsste sie. „Tut mir leid. Wie kann ich es wiedergutmachen?"

Tessa schlang ihre Beine um ihn, zog seine Lippen auf ihre und küsste ihn. All ihre Schläfrigkeit war verschwunden und durch eine ganze Menge anderer Dinge ersetzt.

Einschließlich eines tiefen, grollenden Geräusches, das aus ihrem Bauch kam. Verdammt – wie sexy. Ein echtes Zeichen dafür, dass sie das Mittagessen verschlafen hatte.

Mark lachte gegen ihre Lippen. „Gut, dass du Abendessen gekocht hast, und es ist lecker."

„Wir sind noch nicht fertig", warnte Tessa.

Seine sanfte Liebkosung entlang ihres Arms beruhigte ihre Katze, als sie aufstand. „Hattest du einen guten Tag?", fragte er und holte Schüsseln und Besteck aus dem Schrank.

Sie stellte den Eintopf auf den Tisch und war angenehm überrascht, dass es ihr gelungen war, etwas Essbares zuzubereiten. „Ich hatte einen faulen Tag."

„Die können wirklich gut sein." Mark atmete tief durch, als er sich über den Eintopf beugte, den sie in seine Schüssel geschaufelt hatte. „Freu dich auf Mitte Januar. Wir werden viele entspannte Tage haben, an denen die Sonne früh untergeht und es zu kalt ist, um viel draußen zu unternehmen."

Tessa zitterte. „Brennholz. Du hast jede Menge Brennholz gelagert, oder?"

„Natürlich."

Das Abendessen war angenehm, und ihre Zufriedenheit wuchs mit jedem genussvollen Laut, den Mark von sich gab. Eine Hausfrau war sie nicht, aber ihm Essen zu kochen? Wow, sie hätte nie gedacht, wie befriedigend das sein könnte.

Oder wie erotisch. Mark nahm einen Löffel voll und schlürfte fröhlich den Inhalt, während ein winziger Tropfen Brühe an seinem Mundwinkel hing. Ohne nachzudenken streckte Tessa die Hand aus, berührte mit dem Finger die Stelle und wischte ihn weg.

Er packte ihr Handgelenk und hielt sie fest, bis ihr Blick seinem begegnete. Dann leckte er langsam und bewusst ihren Finger sauber.

Sie schluckte schwer. Ein Prickeln schoss von dort, wo seine Zunge sie berührte, durch ihren Körper, bis sie hätte schwören können, dass er ihre Klitoris geleckt hatte.

Oh Mann.

Wohin würde das führen? Sie hatten vor ein paar Tagen herumgespielt, aber mit ihrer seltsamen Schläfrigkeit hatte sie ihn viel zu lange hängen lassen. Ein bisschen mehr Action würde ihr auch nichts ausmachen, auch wenn es noch viel zu früh wäre, sich auf den Gedanken einzulassen, dass sie die *eine wahre Liebe* füreinander waren.

Er ließ ihre Hand abrupt los und konzentrierte seine

Aufmerksamkeit wieder darauf, die Reste aus seiner Schüssel zu löffeln.

Tessa zögerte, nicht ganz sicher, was sein Rückzug bedeutete. „Mark? Habe ich was falsch gemacht?"

„Du hast nichts anderes getan, als du selbst zu sein, und das macht mich fertig." Er sah sie wieder an. „Ich will dich."

Sofortige Schauer – eine vollständige Reaktion ihres ganzen Körpers von Kopf bis Fuß – breiteten sich aus. „Damit habe ich kein Problem."

„Nur, dass ich nicht nur einen Teil von dir will." Er starrte an ihrer Schulter vorbei, ohne zu blinzeln, während er fortfuhr. „Du bist meine Gefährtin, und mein Wolf hält mich für verrückt, aber bis du bereit bist, mich ganz zu akzeptieren, kann ich nicht ... Ich dachte, ich könnte, aber ich kann nicht Liebe machen, ohne zu weit zu gehen."

Ihr Blut rauschte so heftig in ihren Ohren, dass sie fürchtete, ohnmächtig zu werden. „Zu weit?"

„Dich markieren. Die Paarung zu vollziehen." Er stieß sich vom Tisch ab und brachte Abstand zwischen sie. „Ich weiß, ich habe gesagt, wir könnten rummachen, aber mir war nicht bewusst, wie viel es für mich bedeuten würde, Gefährten zu sein. Wenn ich ein stärkerer Wolf wäre, könnte ich vielleicht damit umgehen. Vielleicht, wenn du nicht hier wärst – aber schlag nicht vor, woanders hinzugehen, denn das würde es nur schlimmer machen."

Ihr Mund war trocken geworden. „Du willst mich nicht bei dir haben, aber du willst nicht, dass ich gehe?"

Mark rieb sich die Stirn. „Ich sage das alles falsch, und es tut mir leid. Ich versuche verzweifelt, dir das zu geben, worum du gebeten hast – Zeit, um uns zu verlieben. Wir müssen also Wege finden, Zeit miteinander zu verbringen, ohne dabei heiß zur Sache zu kommen."

Irgendwas verknotete sich in ihr, und es war nicht nur

ihre Libido, die protestierte. „Oh. Okay. Das ergibt einen Sinn."

Nur, dass er sich unbehaglich fühlte, weckte in ihr dasselbe Gefühl, und eine Änderung des mentalen Plans für den Abend war einfach scheiße.

Mensch ärgere dich nicht zu spielen oder an einem Puzzle zu arbeiten war zwar nicht das, was sie wollte, aber sie musste seine Aufrichtigkeit respektieren. „Danke, dass du es mir gesagt hast."

„Ja." Er lächelte schief. „Willst du laufen gehen?"

Mittwoch

TESSA HATTE ABSICHTLICH den Wecker gestellt, um sicherzugehen, dass sie rechtzeitig aufstand. Als er jedoch schrillte, drehte sie sich um und war kurz davor, wieder einzuschlafen, während Marks Duft, der auf den Laken zurückgeblieben war, Glückshormone in ihren Adern tanzen ließ.

Zumindest bis sie sich daran erinnerte, dass der Grund, warum sie ihn riechen konnte, nichts mit Matratzentango zu tun hatte. Es war sein Bett, also roch es nach ihm. Keine nächtlichen Orgasmen, keine lustvollen Schreie oder auch nur einfaches Kuscheln waren passiert.

Sie zwang sich, unter der Bettdecke hervorzukriechen, und fragte sich, was zum Teufel sie in letzter Zeit so schläfrig machte. Nur war es keine Erschöpfung in dem Sinne. Eher so, als ob sie zu entspannt wäre, um auf ihre gewohnte Weise von Aufgabe zu Aufgabe zu hüpfen.

Rhythmische Schläge führten sie ins Erdgeschoss, wo sie Mark fand, der einen Hammer schwang. Ohne Hemd, seine Muskeln angespannt, während er sich effizient bewegte, und ein Schweißfilm ließ ihn glänzen.

Sie klammerte sich an den Kanthölzern am Eingang des Raums fest, um zu verhindern, dass sie hineinrannte und ihn besprang.

Stattdessen räusperte sich Tessa. „Möchtest du Frühstück?"

Er hielt inne und hob den Kopf, um ihr ein wunderschönes Lächeln zuzuwerfen, das ihr Herz höher schlagen ließ. „Guten Morgen. Frühstück wäre toll. Hey, ich habe eine neue Kaffeemaschine gekauft – eine von der Sorte, bei der du nur den Wassertank auffüllen musst. Versuchs mal. Auf der Theke steht eine ganze Schachtel mit koffeinfreien Kapseln."

„Danke." Sie scharrte unbeholfen mit den Füßen, bevor sie sich abwandte. Kaffee, Frühstück. Dann - verdammt nochmal - würde sie die Energie aufbringen, beim Verkleiden der neuen Wände zu helfen.

Im zweiten Stock fiel ihr eine ihrer Haftnotizen ins Auge, und sie trat näher heran und stellte fest, dass er eine Bemerkung unter ihren Beleuchtungsvorschlag geschrieben hatte.

Tolle Idee. Dadurch werden die Sitzgelegenheiten in dieser Ecke betont. Gut gemacht.

Tessa starrte einen Moment lang darauf, bevor sie durch die ganze Etage wanderte und die Bemerkungen las, die er unter jede einzelne ihrer Notizen geschrieben hatte. Sie trug dieses warme Leuchten mit sich, während sie sich zwang, den Tag anzugehen.

Donnerstag

MARK HATTE FÜNF WÄNDE, drei Türrahmen, ein paar Badezimmerunterböden und die Installation für die Bäder in den Familienzimmern vorbereitet.

Am Nachmittag spaltete er ein Cord Holz und stapelte es im Holzschuppen.

Jedes Mal, wenn er im Boot um eine Ecke kam und Tessa dabei sah, wie sie hart an der To-do-Liste arbeitete, die sie beim Frühstück zusammengestellt hatten, flammte sein Verlangen nach ihr neu auf, und jedes Mal gelang es ihm irgendwie, sich abzuwenden.

Auf dem Einzelbett im Zimmer seines Großvaters zu schlafen, war eine besondere Art von Folter, da er wusste, dass sie da war, direkt auf der anderen Seite der Wand.

Ritterlich zu sein war scheiße.

Freitag

MARK WAR mit dem Aufstellen der Rahmen für die neuen Wände fertig, das mindestens drei Wochen hätte dauern sollte, und begann mit der Verkabelung.

Tessa las vier verschiedene Bücher über das Kochen für viele Personen, plante Beispielmenüs für das B&B, machte ein Nickerchen, stellte mehrere verschiedene Werbebroschüren zusammen, wusch alle Laken und Bettwäsche, machte noch ein Nickerchen, putzte und polierte alle Fenster, einschließlich derer so weit oben, dass sie auf der obersten Stufe der Leiter balancieren musste.

Die E-Mail mit der Ankündigung, dass ihre beste Freundin am nächsten Morgen wieder in der Stadt sein würde, war das Einzige, was sie davon abhielt, verrückt zu werden.

Dass Mark so ritterlich war? Ja, das war scheiße.

8

Als sie das Rudelhaus betraten, war Mark ein bisschen besorgt wegen des bevorstehenden Treffens. Tessa hielt seinen Arm und blieb ganz dicht neben ihm. Die Tatsache, dass sie ihn berührte und dicht an seiner Seite blieb, machte es leichter.

Ich liebe mein Rudel. Ich vertraue meinem Rudel.

Er wiederholte die Worte im Geiste so laut er konnte, um seine innere Stimme zu übertönen, die flüsterte, dass es gar keine gute Idee war, seine Gefährtin – seine schöne, impulsive und sexy Gefährtin, die noch nicht markiert war – an einen Ort mit vielen Wandlern zu bringen.

Das Problem, dass sie eine Katze war, stand auch ganz oben auf der Liste, aber sein Wolf war viel mehr besorgt über das andere Problem, nicht, dass das eine Überraschung wäre.

Tessa quietschte vor Aufregung und zappelte vor sich hin, als ihr Arm in die Luft schoss, und sie aufgeregt winkte. „Keri. Da ist sie! Juuuuhu!"

Ihre Begeisterung brachte einen Anflug von Erleichterung mit sich – es war das erste Mal seit ein paar

Tagen, dass Mark sagen konnte, dass Tessa ihr normales energiegeladenes Selbst war. Seine Gefährtin war verschwunden wie im Sommer, von einem Wimpernschlag zum nächsten. Keri rannte auf sie zu, die beiden umarmten sich stürmisch, während Keris Gefährte Jared amüsiert zusah.

Mark folgte ihr ruhiger, aber rechtzeitig, um den Anfang des Gesprächs zu hören, als sich die beiden Freundinnen auf der nächstgelegenen Couch niederließen und begannen, einander auf den neuesten Stand zu bringen.

Jared stand hinter ihnen und lehnte sich mit der Hüfte an die Rückenlehne. Er knuffte Mark den Arm. „Na, sieh dir das an. Keri hat mir übrigens alles erzählt. Dass du und Tessa Gefährten seid, die Sache mit der Katze."

Mist. „Ja."

„Wenn du was brauchst, lass es mich wissen." Jared grinste. „Natürlich muss ich mich jetzt fragen, was passiert wäre, wenn du es im Juli pünktlich auf das Kreuzfahrtschiff geschafft hättest. Du wärst die ganze Reise über verrückt geworden."

Obwohl sie auf dem Schiff nicht aufeinander gehockt hätten. „Ich bin sicher, es hat sich zum Besten entwickelt. Sonst hättet du und Keri euch vielleicht nicht kennengelernt."

„Am Ende wird alles werden, wie es sein soll." Jared klopfte ihm auf die Schulter. „Komm, lass uns den Mädchen was zu trinken holen."

Jareds unerwartetes Echo von TJs Worten zuvor, der Satz, den Mark als Mantra aufgefasst hatte, trug dazu bei, den Wolf in seinem Inneren zu beruhigen. Mark beugte sich zuerst über das Sofa und senkte seine Lippen für einen Moment nah an Tessas Ohr, während sie mit ihrer besten

Freundin sprach. „Entschuldige die Störung. Was willst du trinken, heiß oder kalt?"

„Kalt, bitte, aber kein –"

„Kein Koffein. Schon klar."

Keri schnaubte. „Er kennt dich schon."

Tessa streckte ihre Zunge heraus.

Das entspannte Geplänkel hätte ihn beruhigen sollen, aber Mark war zu nervös, um seine Ängste zu überwinden. Er drückte ihre Schulter. „Wir sind gleich zurück. Bleib bei Keri."

Tessa blinzelte ihn fragend an, widersprach aber nicht. „Ähm, sicher."

Er riss sich von ihr los. Jeder Schritt weiter von Tessa weg fühlte sich gezwungen an. Schmerzhaft.

„Du zuckst bei jedem Schritt zusammen", betonte Jared.

„Ich kann nicht anders." Mark sah sich um und bemerkte all die einsamen Wölfe. In manchen der Grüppchen hatten schon geflüsterte Gespräche begonnen. Er ließ seinen Blick zwischen den beiden Gruppen schweifen, die die größte Gefahr darzustellen schienen – diejenigen, die sich am meisten für Tessa interessierten und die, die am meisten davon angewidert waren, eine Katze in ihrem Rudelhaus zu sehen. „Alles in mir will sie wegsperren und verstecken, bis ich sicher bin, dass sie offiziell mir gehört."

„Nach allem, was Keri mir über ihre Freundin erzählt hat, wird das nicht funktionieren."

„Ja, sie ist ... definitiv kein Wolf." Mark begegnete dem Blick des Rudel-Alpha und nickte höflich. Kyle zwinkerte als Antwort, dann richtete er seine Aufmerksamkeit auf den Raum, und Mark entspannte sich ein wenig.

Wenn etwas passierte, würde er seine Gefährtin

verteidigen, aber da der Alpha offensichtlich auf seiner Seite war, sollte der Rest des Rudels es sich sehr gut überlegen, sich schlecht zu benehmen.

Jared lachte leise. „Versuch heute Abend nicht, Poker zu spielen. Dein Pokerface ist scheiße."

„Wenn es umgekehrt wäre, wärst du auch mit den Nerven runter." Mark deutete auf den Rudelkameraden, der heute hinter der Bar arbeitete. „Zwei Wasser mit Zitrone."

„Ich wäre total durch den Wind", stimmte Jared zu. „Und würde was Stärkeres als Wasser trinken."

„Erst, wenn ich weiß, dass ich nicht kämpfen muss." Mark drehte sich um und wartete, wobei er einen direkten Blick auf das Sofa hatte, auf dem sich ihre Frauen unterhielten.

„Guter Plan." Jared hustete leicht. „Ich glaube zwar nicht, dass das nötig sein wird, aber für den Fall? Ich halte dir den Rücken frei, okay?"

Gut. Bisher waren er und Jared keine engen Freunde gewesen, sondern nur Rudelkameraden und waren gelegentlich einen Trinken gegangen, aber da ihre Gefährtinnen eng befreundet waren, standen die Chancen gut, dass die vier einander oft sehen würden.

Er sah den anderen Wolf an und streckte seine Hand aus. „Danke. Ich weiß das zu schätzen."

Jared erwiderte seinen Händedruck. „Alles ist gut. Und da Keri schon von Grillabenden und anderen Sachen spricht, zu denen sie euch einladen will, kannst du dir mit deinem Ruf in der Küche sicher vorstellen, wie das ablaufen wird. Du kochst."

„Mit deiner Kohle? Du kaufst die Steaks."

Sein neuer Kumpel lachte. „Deal."

Mark drehte sich um, um nach Tessa zu sehen, und

erschrak, als er sie nicht sah. Eine der alleinstehenden Frauen des Rudels hatte sich zwischen sie gedrängt. Die große Frau warf ihm ein sinnliches Lächeln zu, während sie mit den Fingerspitzen über seine Hemdknöpfe strich.

„Mark. Ich habe dich seit ein paar Tagen nicht gesehen. Schön, dass du kommen konntest."

„Linda." Er packte ihr Handgelenk, um zu verhindern, dass ihre Hände noch tiefer krochen. Vor einer Woche hätte er ihre Avancen genossen. Heute löste ihre Berührung eine Gänsehaut aus. „Was machst du?"

Sie holte tief Luft und kam nah genug an ihn heran, dass ihre Hüften an seine stießen und die vollen Rundungen ihrer Brüste gegen seine Brust drückten. „Hallo sagen. Weißt du, du musst nicht unter deiner Würde daten."

Sein Wolf knurrte über die Beleidigung gegen Tessa. Mark hätte Linda weggestoßen, aber er bekam keine Gelegenheit dazu.

Tessa war da und schob sich zwischen sie, ihr warmer Po rieb seine Scham. Sie verschränkte die Arme und benutzte ihn als Rückenlehne. „Hände weg. Er gehört mir."

Die Begeisterung, die ihre Worte in ihm auslösten, änderte nichts an der Tatsache, dass jetzt alle im Rudelhaus in ihre Richtung starrten, vom Alpha bis hin zum Wolf mit dem niedrigsten Rang.

Mark streichelte sanft Tessas Arme. „Ich mach' das schon."

Linda wich nicht zurück. Stattdessen zog sie eine Augenbraue hoch. „Was meinst du damit, er gehört dir?" Sie drückte sich näher an ihn heran und schnupperte. „Ich rieche einen alleinstehenden Wolf."

Jetzt drängten sich mehr Wölfe um sie, und Mark versuchte, Tessa hinter sich zu schieben.

Sie wollte jedoch nichts davon wissen. Sie starrte Linda direkt ins Gesicht. „Vielleicht ist dein Riechkolben ja kaputt.“

Die andere Frau zuckte mit den Schultern, griff an beiden vorbei und nahm ein Glas von der Theke. Sie hob es über Tessas Kopf, drehte es um und übergoss sie mit dem Inhalt.

Zufriedenheit ging von Linda aus, als sie das Glas beiseite warf und selbstzufrieden die Arme verschränkte. „Nein, meine Nase funktioniert einwandfrei. Jetzt rieche ich nasse Katze.“

Er wollte Linda anschreien, doch auf der anderen Seite des Kreises schüttelte sein Alpha den Kopf. Robyn und Kyle beobachteten die Szene – wohl wissend, was vor sich ging. Mark rang um Selbstbeherrschung, gehorchte aber, als Robyn einen Finger an ihre Lippen legte und ihm damit signalisierte, er solle den Mund halten.

Wenn er geglaubt hatte, dass die schlimmste Sorge in seinem Leben war, dass er noch nicht intim mit Tessa gewesen war, hatte er sich getäuscht.

Seine Gefährtin nicht zu verteidigen war bei Weitem das Schwierigste, was er jemals hatte tun müssen.

DAS UNERWARTET KALTE Wasser ließ ihr Shirt an ihr kleben, ein leises *tropf, tropf, tropf* fiel von ihren Haaren zu Boden. Im ganzen Raum war es still geworden, während Tessa die Situation analysierte.

Sie war nicht dumm. Die Anspannung war seit dem Moment, als sie reingekommen waren, greifbar gewesen. Auch wenn sie sich gefreut hatte, mit ihrer besten Freundin zu plaudern, war sie sich der Diskussion im Raum bewusst.

Sie hatte die Unruhestifterin lange vor dem Angriff erkannt und ihre Reaktion geplant. Das Eiswasser war unerwartet gewesen, aber sie würde nicht schmelzen.

Tessa hatte die kleine Geste einer der Alphas mitbekommen – einer liebenswerten Frau, die klug genug war, regelmäßig mit einem widerspenstigen Rudel Wölfe fertig zu werden, ganz zu schweigen von dem riesigen Adonis von einem Gefährten an ihrer Seite.

Es musste einen Grund geben, warum Robyn wollte, dass Tessa diesen Kampf ausfocht.

Deshalb dachte sie schnell über ihre Möglichkeiten nach und verwarf ihre ersten Impulse. Eine direkte körperliche Konfrontation würde nichts beweisen. Wenn sie von diesen Leuten akzeptiert werden wollte, wenn sie nicht nur ein Unternehmen führen, sondern sich auch mit einem der ihren paaren wollte, durfte sie nicht damit anfangen, es sich mit ihnen zu verscherzen.

Aber sie durfte auch nicht den Eindruck erwecken, schwach zu sein.

Also entschied sie sich für die wahrscheinlich am wenigsten erwartete Reaktion. Sie stieß einen gewaltigen, dramatischen Seufzer aus. „Du hast recht. Die Nasen von Wölfen sind viel effizienter als die von Katzen.”

Linda neigte den Kopf und sonnte sich in ihrem Sieg.

Doch dann streckte Tessa die Hand aus und packte die Frau am Hals. „Aber er gehört immer noch mir.”

Ihre plötzliche Bewegung überraschte sie alle, und ein leises Murren ging durch die Menge. „Ihr habt euch weder markiert noch gepaart!”, rief jemand, der sich im Hintergrund versteckte.

Damit hatte er recht. Tessa ließ Lindas Hals los und tätschelte ihre Wange, bevor sie nickte. „Das stimmt, obwohl in den meisten Teilen der Welt ein bisschen Spucke und jemanden zu beißen keine Beziehung ausmacht. Aber nur, damit keine Zweifel aufkommen. Hey, Keri?"

Ihre Freundin drängte sich in den Kreis. „Ja?"

„Marker. Bitte."

Keri nahm ihren kleinen Rucksack von der Schulter und grub darin. „Irgendeine bestimmte Farbe?"

„Nein." Obwohl leuchtendes Pink Spaß machen würde. Tessa hielt den Blickkontakt mit der Frau aufrecht, die den Ärger verursacht hatte, und hoffte, dass reine Neugier alle anderen davon abhalten würde, sich einzumischen und eine Schlägerei anzufangen.

Der verlangte Marker flog durch den Raum. Tessa fing ihn in der Luft auf und drehte sich dann zu Mark um. Er warf ihr einen kurzen Blick zu, bevor er sich auf seine Rudelkameraden konzentrierte und nach Gefahren Ausschau hielt. „Ich hoffe, du weißt, was du tust", sagte er leise.

Sie packte sein Hemd und riss es auf, sodass die Knöpfe klappernd zu Boden fielen. Sie summte anerkennend angesichts der Muskelmasse. „Vertrau mir."

Dann senkte sie die Spitze des Markers auf seine Haut und schrieb in fünf Zentimeter hohen Druckbuchstaben „Eigentum von Tessa Williams".

„Dunkelblau steht dir gut. Unterstreicht die Farbe deiner Augen." Sie legte eine Hand auf seine Brust und tippte mit den Fingern über die Stelle, an der sein Herz pochte. „So, denkst du, das reicht für den Moment?"

Mark blickte nach unten. „Wasserfest?"

Sie warf einen Blick auf die Beschriftung. „Jupp."

„Das sollte ein paar Wochen halten, wenn ich verspreche, es nicht abzureiben."

Tessa streichelte die nackte Haut unter ihren Händen. „Gehen sie weg?", flüsterte sie.

Sein Blick wanderte über ihre Schultern und dann zurück zu ihrem Gesicht. „Alle außer Keri scheinen plötzlich sehr beschäftigt zu sein. Ich denke, die Situation ist im grünen Bereich."

„Gut." Sie wollte sein Hemd zuknöpfen und fluchte leise. „Oh, tut mir leid. Du scheinst ein paar Knöpfe verloren zu haben."

Er zog das Hemd ganz aus. „Ich werde einfach eine Weile darauf verzichten. Dafür sorgen, dass jeder deine Nachricht sieht." Er packte sie am Kinn und lächelte. „Du bist unberechenbar."

„Und nett. Ich habe zuerst überlegt, es dir auf die Stirn zu schreiben." Sie kuschelte sich an seine Wärme und war seltsam glücklich über die ungewöhnliche Wendung des Abends.

„Gut gemacht." Die tiefe Stimme ließ sie herumfahren und sah den Alpha des Rudels, Kyle und seine Gefährtin Robyn, die ein paar Schritte entfernt standen.

Mark richtete sich auf und senkte höflich den Kopf. „Entschuldigt die Aufregung."

„Nicht deine Schuld." Kyle musterte sie, und Tessa hustete leise.

Ja, okay, es war allein ihre Schuld. „Hi."

Der Anführer des Granite-Lake-Rudels sah einen Moment lang sehr ernst aus, bis seine Gefährtin ihm den Ellbogen in die Seite stieß und er vor Lachen losprustete. „Richtig. Robyn möchte, dass ich euch sage, dass wir euch beide später in dieser Woche zum Abendessen einladen möchten."

Süß. „Wir freuen uns drauf." Tessa schob ihre Finger zwischen die von Mark. „Können wir irgendwas mitbringen?"

Kyle drehte sich zu seiner Gefährtin um und gebärdete

etwas. Tessa sah fasziniert zu, wie Robyn antwortete. Es war eines der schönsten Dinge, die sie je gesehen hatte. Sie setzte das Erlernen der Gebärdensprache sofort auf ihre To-do-Liste.

Kyle wandte sich ihnen wieder zu. „Wenn ihr einen Nachtisch mitbringen wollt, wäre das toll. Ich ruf' dich später an, um den Termin zu vereinbaren."

Mark beugte sich vor, um ihr etwas ins Ohr zu flüstern. „Ich kümmere mich ums Dessert."

„Still, deine Alphas hören zu. Sei höflich."

Robyn hatte nicht aufgehört zu grinsen, doch jetzt streckte sie ihre Hand aus. Tessa ergriff sie glücklich und freute sich über die Geste.

Die Alphas entschuldigten sich, schlenderten durch das Rudelhaus und machten hier und da Smalltalk, um sicherzugehen, dass alles wieder normal lief. Nach Tessas kleiner Darbietung schien die Spannung nachgelassen zu haben, und sie schmiegte sich an Marks Seite und zog ihn zurück zu dem Sofa, auf dem sie ursprünglich gesessen hatten.

Eigentlich war es ein ziemlich schöner Abend gewesen, abgesehen davon, dass ihr Shirt nass an ihrem Körper klebte.

Keri schüttelte den Kopf. „Unruhestifter."

„Hey, das war nicht ich." Tessa zog die Beine unter sich und entspannte sich auf der Couch. Mark hatte seinen Arm über die Rückseite der Kopfstütze gelegt und umarmte sie, ohne sie zu berühren. Es war gemütlich und warm, und sie hätte am liebsten geschnurrt – es war Tage her, dass sie in seinen Armen gelegen hatte. „Nun, das war nicht nur ich. Es musste passieren, und es war vielleicht nicht das letzte Mal, dass jemand ein Problem damit hat, eine Katze hier zu haben. Wir werden uns darum kümmern."

Jared starrte auf die Worte auf Marks Brust. „Was ich nicht verstehe, und entschuldige, ich bin nur ein einfacher Wolf ... warum?"

„Warum was?"

„Warum meldest du Ansprüche auf ihn an, ohne ihn zu beanspruchen? Ich meine, wenn du Mark nicht als Gefährten willst, kann ich das verstehen. Ich wette, du kannst jemand Besseren finden." Er zwinkerte, um zu betonen, dass er nur scherzte.

Mark knurrte. „Du bist nicht gerade hilfreich."

Sie war sich selbst nicht sicher. „Mark sagt, wir sind Gefährten. Glaubst du, er lügt?"

Schock angesichts der Frage blitzte in ihren Gesichtern auf.

„Ähm, warum sollte er über sowas lügen?" Keri runzelte die Stirn. „Ich glaube nicht, dass ein Wolf über sowas lügen könnte."

„Richtig. Also ... sobald wir uns besser kennengelernt haben und ein bisschen mehr Zeit miteinander verbracht haben, denke ich, dass er gute Chancen hat, der Richtige für mich zu sein. Bis dahin werde ich nicht erlauben, dass eine andere ihn ansabbert."

Keri nickte langsam und sprang dann auf. „Komm mit, ich muss mit dir reden."

Also war es diesmal Tessa, die zur Haustür geschleift wurde.

Die Jungs standen auf, aber Keri winkte ab. „Allein. Gebt uns eine Minute."

Das Rudel bekam heute Abend ein bisschen Unterhaltung. Tessa winkte der Gruppe von Frauen zu, zu der sich Linda zurückgezogen hatte. Zwei Sekunden später war sie aus der Tür und die Treppe hinunter, und wurde dann von ihrer besten Freundin gegen das Geländer gedrückt.

Keri starrte sie finster an. „Okay, Zeit für unverblümte Worte. Hast du den Verstand verloren?"

Was in aller Welt? „Nicht mehr als sonst. Stimmt was nicht?"

„Du bist diejenige, mit der was nicht stimmt. Ich kann nicht fassen, dass du dein ganzes Leben neben Wölfen gelebt hast und dich jetzt so verhältst." Keri hielt inne und fuhr sich mit der Hand durchs Haar. „Ich meine, okay – du warst brillant mit der Markierungssache. Und ja, ich verstehe vage, was du damit meinst, dass du verliebt sein willst, bevor du es offiziell machst ..."

Da war ein unausgesprochenes, aber deutlich spürbares *Aber*, als Keris Worte verklangen.

„*Was?*"

Ihre beste Freundin schüttelte den Kopf. „Mark sagt, ihr seid Gefährten. Du glaubst ihm weitgehend. Du hast gerade öffentlich deine Ansprüche auf ihn angemeldet ... und was jetzt?"

„Und jetzt machen wir aus dem Raddampfer ein B&B?"

Keri gab ihr einen Stoß gegen die Schulter. „Nein. Du wirst nett zu dem Jungen sein und ein bisschen Nachsicht mit ihm haben."

Sie verstand nicht, was sie meinte. „Ich verstehe nur Bahnhof."

Keri zog sie an sich heran. „Als wir auf dem Kreuzfahrtschiff waren und ich Jared beschnuppert habe? Ich schwöre, es war die Hölle hoch sieben, darauf zu warten, bis wir herausgefunden haben, was los war, und uns schließlich gepaart haben. Du hast mir gerade von all den Dingen erzählt, die Mark rund um das B&B gemacht hat.

Wie schnell er ist und die harte Arbeit, die er investiert hat, um dich glücklich zu machen ... Worauf zum Teufel wartest du? Soll er Gedichte schreiben und dir Lieder singen, von denen du glaubst, dass du sie hören musst?"

„Ist es falsch, Romantik zu wollen? Sich nach schönen Gesten und romantischen Worten zu sehnen? ‚Ich würde für dich sterben' – sowas in der Art."

Ihre beste Freundin lachte. „Oh, Tessa, du verwechselst Filmromantik mit der im echten Leben. Nicht jeder macht alles gleich, oder? Nicht jeder wird auf die gleiche Weise sagen, dass er dich liebt."

Tessa hielt an ihren Idealen fest, auch wenn sie ein bisschen ins Wanken zu geraten schienen. „Aber Romeo und Julia –"

Keris Gesichtsausdruck verfinsterte sich, und Tessa hielt abrupt inne, bevor sie gebissen wurde.

„Wenn es jemals ein Paar von kranken Idioten gegeben hat ... wie endet diese Geschichte, Tessa? Mit Partnern, die einander zuhören? Die zusammen alt werden? Das ist nicht romantisch, das sind nur egoistische Kinder, die – sorry, aber es muss gesagt werden – richtig Scheiße bauen."

Die Worte ihrer Freundin reichten, um Tessa zu beschämen. „Ich habe mich so auf die Veränderungen auf dem Schiff konzentriert und auf all die Pläne, die ich in Haines umsetzen will, dass ich gar nicht nachgedacht habe."

Keri verdrehte die Augen. „Spar dir die Ausreden. Und ich sage nicht, dass du ihn einfach akzeptieren musst."

„Wirklich nicht?"

Ihre Freundin musterte sie und änderte ihren Ton ein bisschen. „Also gut. Okay. Du meinst also, dass du dich ihm jetzt nicht näher fühlst als bevor du ihn kennengelernt hast? So wie du ihn behandelst, könnte es genauso gut Linda sein, für die er all das baut. Und abgesehen davon, dass du keinen Lover willst, würde es dich nicht wirklich stören, wenn sie diejenige wäre, die zusammengerollt auf seinem Schoß liegt und mit ihren Fingern über seinen Körper streicht …"

„Hey." Bei dem Gedanken kochte heiße Wut in ihr hoch. „Jetzt wirst du gemein."

„Nur ehrlich."

Tessa erstarrte. Die Ernsthaftigkeit im Gesichtsausdruck ihrer Freundin ließ sie nicht nur auf die Worte hören, sondern auch auf die anhaltenden Nachbeben der Wut, die aus der Vorstellung herrührte, dass Mark mit irgendjemandem außer ihr zusammen sein könnte.

Keri senkte ihre Stimme und bremste ihre Tirade. „Mir ist klar, dass ich als Wolf nicht wirklich verstehen kann, was du durchmachst. Die Gefährtensache ist mir angeboren, darum verstehe ich nicht, wenn ich dich darüber reden höre, was du brauchst. Ich höre dich sagen, dass du auf den *Für-immer*-Teil des Deals warten willst, bis der Sonnenuntergang genau richtig ist oder so. Das ergibt keinen Sinn."

Wenn ihre Freundin es nicht verstehen konnte, wie musste Mark sich dann fühlen?

Keri ergriff Tessas Arme und hielt sie fest. „Vielleicht hört sich das so an, als würde ich an deinen Entscheidungen zweifeln, und das ist nicht meine Absicht. Du bist eine gute Freundin, Tessa, und ein guter, guter Mensch. Was du machst, ist jedoch nicht gut. Du bist gemein zu diesem wunderbaren Mann, denn auch wenn *hier und jetzt seine Gefährtin zu sein* nicht Katzenart ist, ist er keine Katze. Und man kann den Wolf nur so weit drängen, bis er zusammenbricht."

9

Tessa war seltsam still gewesen, seit sie und Keri zum Rudelhaus zurückgekehrt waren. Sie kuschelte sich wieder unter seinen Arm, aber diesmal schien all ihr Zappeln verschwunden zu sein.

Mark streichelte sanft und besorgt ihren Arm. „Geht's dir gut? Was hat Keri zu dir gesagt?"

„Nur die Wahrheit." Sie blinzelte heftig, und sein Herz setzte einen Schlag aus.

„Weinst du?" Er berührte ihre Wange. „Sei nicht traurig. Es gibt nichts, was wir nicht gemeinsam meistern können, okay?"

Das schien sie nur noch mehr schniefen zu lassen. „Können wir nach Hause gehen?"

Die Worte kamen langsam heraus.

„Natürlich." Er zog sie auf die Beine. Sie verabschiedeten sich von ihren Freunden, und Mark widerstand dem Drang, Keri einen bösen Blick zuzuwerfen, weil sie Tessa so emotional aufgewühlt hatte.

Die kurze Heimfahrt über schwiegen sie. Die Außenbeleuchtung des Dampfers brannte, im

Obergeschoss strahlten die neuen Leuchten, die sie ausgewählt und er schnell eingebaut hatte.

Er machte sie darauf aufmerksam. „Das war die perfekte Wahl. Ich liebe, wie sie aussehen."

Tessa lächelte, aber es erreichte ihre Augen nicht. Sie zog an seinem Arm, bis er stehenblieb, bevor sie die Tür erreichten. „Warte. Ich muss ... mich umsehen."

Diese Nacht wurde immer verwirrender. „Natürlich."

Sie ergriff seine Finger und weigerte sich, ihn loszulassen. Das Gefühl ihrer Haut in seiner Hand – er hatte noch nie zuvor eine Vorstellung von Vergnügen und Qual zugleich gehabt, aber mit ihr zusammen zu sein, ohne mit ihr zusammen zu sein, fühlte sich genauso an.

Sie schien an keinen bestimmten Ort gehen zu wollen. Sie gingen an dem frisch gefüllten Holzschuppen vorbei, an den frisch gestrichenen Schaufelrädern vorbei, von denen sie erwähnt hatte, dass sie in Dunkelgrün großartig aussehen würden, und um die Außenseite herum, wo er angefangen hatte, den vorderen Gehweg zu verbreitern.

Tessa brachte ihn hinein und lief durch die Räume, die fertig waren und auf die bestellten Gipskartonplatten warteten – ihm war tatsächlich das Baumaterial ausgegangen. Während er darauf wartete, hatte er sich auf das Bauen von Möbeln verlagert.

Sie ließ ihre Finger über die glatt geschliffene Oberfläche eines Bettpfostens gleiten und sagte immer noch nichts. Erklärte nicht, was los war.

Sein Wolf war bereit auszubrechen, als sie schließlich lächelte. Ein echtes Lächeln. „Komm nach oben, ich muss dir was zeigen."

Das Tier in seinem Inneren beruhigte sich so weit, dass er an ihrer Seite die Treppe hinaufgehen konnte, ohne in

Panik zu geraten. Aber als sie ausgerechnet in der Küche Halt machte, konnte er es nicht länger zurückhalten.

„Tessa, was zum Teufel ist los? Was hat Keri gesagt?"

Sie fummelte an der neuen Kaffeemaschine auf der Arbeitsfläche herum. „Keri hat mir gesagt, dass ich die Augen öffnen und aufhören soll, ein Idiot zu sein."

Wieder zog sie an seiner Hand und brachte ihn in den großen offenen Raum, wo der große Tisch für die gemeinsamen Abendessen stehen würde. Als sie ihn zu Boden ziehen wollte, zögerte er.

„Tessa, das ist keine gute Idee." Wenn er das tat, würden sie vielleicht den Rest der Nacht nicht aufstehen. „Ich werde einfach –"

„Bleib", sagte sie. „Ich muss dir was Wichtiges sagen."

Er kniete nieder und hielt Abstand zwischen ihnen.

Sie starrte in den Raum und seufzte unglücklich.

Sein Herz tat weh, aber er gab nicht nach. Noch nicht. Erst als sie aufblickte, um ihm in die Augen zu sehen, waren ihre Augen voller unvergossener Tränen.

Mark reagierte, ohne nachzudenken, hob sie hoch und wiegte sie auf seinem Schoß, drückte ihren Kopf an seine Schulter und hielt sie. Die Verbindung zwischen ihren Körpern wurde heiß wie ein Brandeisen, aber irgendwo würde er die Kraft finden, ihr zu geben, was sie brauchte, ohne sie zu beanspruchen.

Ihre Finger berührten seine Wange. „Das hast du schon die ganze Zeit gesagt, nicht wahr?"

Er hielt inne, teils, weil ihre Berührung elektrische Impulse durch seinen gesamten Körper jagte, und teils, weil er nicht sicher war, was sie meinte.

Sie richtete sich auf und hielt sein Gesicht in beiden Händen. „Du hast es die ganze Zeit gesagt, und ich habe nie zugehört. Das ist, was Keri mir vorgeworfen hat – dass ich eine Katze bin und du ein Wolf. Es war keine dumme Bemerkung, die mein Bruder vor nicht allzu langer Zeit gemacht hat."

„Tony?" Hatte sie mit ihrer Familie gesprochen? „Das erinnert mich. Ich wollte vorschlagen, dass du alle zu einem Besuch einlädst. Deine Mom, deinen Dad, Tony. Wann immer es ihnen passt. Wir werden Platz haben –"

Sie presste ihren Mund auf seinen, bremste seinen Redeschwall, und, heilige Scheiße, er würde jetzt wirklich sterben. Denn nach ein paar Tagen, die er sie nicht geschmeckt hatte, konnte er seinen Wolf nicht mehr davon überzeugen, aufzuhören. Das Summen der Chemikalien kehrte sein Innerstes nach außen und *Sehnsucht* war ein viel zu schwaches Wort für das, was er fühlte.

Ihre Lippen streichelten seine jedoch sanft, und seine Finger zitterten auf ihren Hüften, als er um die Kontrolle kämpfte.

Der Hauch der Berührung ihrer Zunge. Das Zittern wurde stärker und erfasste auch seine Arme.

Als sie ihre Hände in seinen Haaren vergrub, sich zu Boden sinken ließ und ihn über sich zog, war er hin- und hergerissen zwischen der Wahl, sie nackt auszuziehen, und der Sorge, dass sie sich auf dem harten Holzboden wehtun könnte.

Ihr ganzer Körper wurde weicher, als sie einander küssten, seine Scham so dicht an ihrer, dass er fürchtete, er könnte spontan explodieren. Mark rollte herum und zog sie auf sich, um sie vor der Kälte und der harten Oberfläche zu schützen.

Seine Zähne schmerzten vor dem Drang, sie zu markieren, zu nehmen, zu besitzen. Aber während sie ihn küsste, gelang es ihm, zumindest nichts Verrücktes zu tun.

Tessa legte ihre Handflächen auf seine Brust und

richtete sich auf, setzte sich rittlings auf seine Hüften und drückte ihn hinunter. Nun, zumindest so, wie ein Leichtgewicht wie sie ihn herunterdrücken konnte.

Ihr Atem wurde ruhiger, und das schöne Lächeln, in das er sich verliebt hatte, kehrte zurück und erhellte ihr Gesicht. „Weißt du überhaupt, dass du es tust?"

„Dass ich am Boden liege und versuche, mich nicht auf dich zu stürzen? Oh, das weiß ich, Sweetheart. Das weiß ich."

Sie schüttelte den Kopf. „Ich erwähne, dass ich mir wegen des kalten Winters Sorgen mache – und du füllst den Schuppen mit einem Holzvorrat für zwei Jahre. Ich mache deine Kaffeemaschine fast kaputt; du besorgst eine andere. Du hast gearbeitet und gearbeitet und hast dir alles angehört, was ich gesagt habe, und ich schäme mich so ..."

Er setzte sich auf und vergaß vorübergehend seine sexuelle Anspannung, um sie zu beruhigen. „Hey, hör auf damit. Du hast nichts falsch gemacht."

Tessa neigte den Kopf zur Seite. „Vielleicht nicht, wenn du eine Katze wärst, aber du bist ein Wolf. Und selbst wenn du eine Katze wärst, hätte ich mich einer schrecklichen Sache schuldig gemacht. Ich habe nicht zugehört. Nicht wie du. Kannst du mir vergeben?"

Mark verstand nicht ganz, aber ... „Sicher. Ich vergebe dir. Aber verrätst du mir, was ich dir vergebe?"

Sie streichelte zärtlich seine Brust. „Ich hatte meine eigenen Pläne, als ich hierhergekommen bin, und ich weiß, dass das nicht falsch ist. Es ist gut für mich, Ziele zu haben, und auch wenn wir Gefährten sind, werde ich es nicht aufgeben, alles zu durchdenken und Pläne zu schmieden."

„Das würde ich auch nicht wollen", sagte er.

Sie nickte. „Ich weiß, aber deshalb tut es mir leid. Ich hatte eine Vorstellung davon, wie *verliebt sein* aussehen muss, und als du *diese* Dinge nicht gemacht hast, dachte ich, wir müssten warten. Ich habe nicht zugehört, was du wirklich gesagt hast."

Sein Verstand hatte sich auf einen Teil ihres Geständnisses konzentriert. „Du hast gedacht, wir müssten warten. Bedeutet das, dass wir das nicht mehr müssen?"

Tessa hielt inne. „Liebst du mich?"

„Natürlich liebe ich dich." Sein Herz raste. „Ich meine, ich werde mich mit der Zeit immer mehr in dich verlieben, aber im Moment kann ich trotzdem schon ehrlich sagen, dass ich dich liebe."

„Du liebst mich, weil wir Gefährten sind ..."

Mark lachte. „Du hast dich immer noch darin verbissen, nicht wahr? Ich weiß, dass es nicht Katzenart ist. Aber Tessa, ich liebe dich, weil du *du* bist. Deshalb sind wir überhaupt Gefährten. Ich würde mich nicht zu einer Fremden hingezogen fühlen, die nicht perfekt für mich ist. Jemandem, der meine Talente nicht ergänzen würde, der nicht die Dinge genießen könnte, die mir Spaß machen. Es ist keine Abkürzung zum Glück, weil wir daran arbeiten müssen, aber wir sind *richtig* füreinander. Das ist es, was es bedeutet, Gefährten zu sein."

Genug. Er stand auf und trug sie ins Schlafzimmer. Diesmal ließ er sie fallen – nein, genau genommen warf er sie auf das Bett.

Tessa drehte sich mit katzenartiger Anmut und landete auf allen Vieren. Das unglaublichste Lächeln strahlte ihn an. „Wie ich schon sagte, du hörst die ganze Zeit zu."

～

Diese unglaubliche Mischung aus Trauer und Freude erfüllte sie.

Sie hatte ziemlich Mist gebaut, aber er würde es ihr nicht vorhalten. So viel wusste sie ohne den geringsten Zweifel.

Tessa setzte sich auf ihre Fersen. Starrte ihn an, während er wie immer geduldig wartete. „Erinnerst du dich, dass ich dir gesagt habe, dass ich mich manchmal nicht wie ein Erfolg fühle?"

Er nickte.

„Das ändert nichts an den Tatsachen. Ich bin gut in dem, was ich tue. Ich habe die Fähigkeiten, ich habe den Drive und die Begeisterung, und ich arbeite und verwirkliche Ideen."

Es war eine gewisse Distanz zwischen ihnen, aber Hoffnung leuchtete in seinen Augen – nur ein Hauch davon huschte über sein Gesicht. „Gefühle und Realität sind nicht immer dasselbe?"

„Nein." Es gab so vieles, worüber sie sich nicht sicher war, nur war sie eine Idiotin gewesen, die spezifischen Wahrheiten in dieser Situation zu ignorieren. „Mark, du bist ein Wolf."

Sein Gesicht verzog sich, als er versuchte, sein Lachen zu unterdrücken. „Ähm, ja. Das hast du schonmal gesagt."

„Vielleicht muss ich es noch ein paarmal sagen, damit es in meinen dicken Katzenschädel geht. Du bist ein Wolf, und du liebst mich. Wir sind Gefährten, und das wird sich für dich nicht ändern."

Seine dunklen Augen funkelten. „Nein. Nun, es wird stärker werden – das dich lieben, meine ich."

Diesmal löste seine Zusicherung einen Schauer in ihr aus, und das war der letzte Anstoß, den sie brauchte, um weiterzumachen. Wie sollte sie das nun sagen, ohne wie eine Diva, ein Freak oder eine Schlampe zu klingen? Das

Letzte, was sie wollte, war, das Glück zu vernichten, das in seinem Gesicht aufblühte.

Sie straffte ihre Schultern und entschied sich für Ehrlichkeit. „Lass mich deine Worte benutzen – sie wird auch für mich stärker. Dass ich mich in dich verliebe, meine ich."

Mark holte tief Luft.

Sie beeilte sich weiterzusprechen, bevor er sie unterbrechen konnte. „Da ich eine Katze bin und so, funktionieren meine Gefühle nicht so wie deine. Ich meine, wir haben uns erst vor knapp einer Woche kennengelernt, daher ergibt es überhaupt keinen Sinn, dass ich in dich verliebt bin. Das heißt aber nicht, dass ich jetzt nicht die richtige Wahl treffen kann."

Eine Bewegung brachte sie an die Bettkante, wo sie mit einer Hand seine Gürtelschnalle ergriff und ihn zu sich zog. Sein unbehagliches Lächeln war sicherer geworden ... als würde die Liebe zwischen ihnen wachsen. Dessen war sie sich jetzt sicher.

„Ich entscheide mich, deine Gefährtin zu sein, Mark. Ich entscheide mich dafür, all die Liebe anzunehmen, die du mir gibst, und ich werde vernünftig und fange an, auf die ruhige, hart arbeitende Art und Weise zu hören, wie du es ausdrückst. Ich werde die Gefühle zulassen, wann immer sie kommen, aber in der Zwischenzeit?" Sie blickte auf und zeigte all die Bewunderung, die sie für ihn empfand. All die Sehnsüchte, die auch sie hatte. „Finde ich dich verdammt großartig, und es wäre mir eine Ehre, deine Gefährtin zu sein. Ich kann es kaum erwarten, mich so sehr in dich zu verlieben, wie dein Wolf schon in mich verliebt ist."

Einen schrecklichen, schrecklichen Moment lang rührte sich Mark nicht. Tessa überlegte, ihr Geständnis zu wiederholen, aber das schien so –

Da stürzte er sich auf sie.

Tessa kreischte, als er sie auf die Matratze warf; sein Gewicht drückte sie hinunter, als er ihre Lippen fand.

Als er seinen Kopf so weit hob, dass beide dringend benötigte Luft holen konnten, waren alle Spuren seines schwachen Lächelns verschwunden und durch ein breites Grinsen ersetzt. „Ich musste mich in eine Katze verlieben."

Sie hätte schwören können, dass ihr Puma sich aufplusterte. *Dummes Tier.*

„Bist du mit allem einverstanden?"

Er nickte. „Dass du deine Entscheidung getroffen hast? Das haut mich um. Ich werde dafür sorgen, dass du es nie bereuen wirst."

„Katzen sind nicht alle schlecht, weißt du ..." Es war gerade genug Platz zwischen ihnen. Sie entledigte sich ihrer Kleider schneller, als selbst sein angetörnter Wolf es sich wünschen konnte.

Sein begeistertes Knurren vibrierte in seiner Brust. „Cooler Trick."

Dann war es höchste Zeit, nicht mehr zu reden, sondern zu handeln – der anderen Seite von ihnen etwas zu geben und Mark das zu geben, worauf er so geduldig gewartet hatte. Tessa packte ihn am Hals und zog ihn zurück an ihren nackten Körper.

Sie zerrte an seiner Kleidung, während sie einander küssten, Zungen, Zähne und Lippen, und ihr schweres Keuchen hallte durch den Raum.

Mark leckte ihren Hals, und Tessa erschauerte, während sie protestierte: „Du hast zu viele Klamotten an."

„Nur so kann ich dafür sorgen, dass es länger als dreißig Sekunden dauert."

„Wir können es einfach nochmal machen", kicherte sie.

„Das werden wir", versprach er. „Wieder und wieder und wieder. Aber dieses erste Mal?"

Er rutschte hinunter, um ihre Brüste zu verehren, und Tessa war glücklich mit ihrer Entscheidung.

Er musste jetzt nicht alles über sie wissen. Sie wusste nicht alles über sich selbst – sie hatte angenommen, dass sie nicht kochen konnte, aber sie hatte es geschafft, es zu lernen. Wenn sie sich veränderte und über sich hinaus wuchs, dann konnten sie sich verändern und als Gefährten zusammenwachsen.

Er knabberte genau richtig an ihr, und das Kribbeln wurde zu Impulsen, die durch ihren gesamten Körper strömten. „Du wirst mich markieren, oder?"

„Überall. Als wärst du mein ganz persönliches Kauspielzeug." Seine Zähne schlossen sich an der Seite ihrer Brust und die darauffolgende Explosion von Lust hob sie vom Bett.

Mark packte ihre Hüften mit seinen Händen und hielt sie fest, wobei er seine Zunge über ihren Bauch gleiten ließ, bis er ihren Bauchnabel erreichte. Ihre Hüftknochen. Ihre Leiste, wo sie schrecklich kitzelig war. Die kalte Luft strich überall vorbei, wo er sie berührte, und sie bekam am ganzen Körper Gänsehaut.

„Hmm, du duftest köstlich." Sie erhob sich gerade noch rechtzeitig auf die Ellbogen, um zu sehen, wie er tief einatmete und seine Miene vollkommene Zufriedenheit ausdrückte.

Tessa hielt den Atem an, als er mit einem Finger durch ihre Locken strich. Sie biss sich auf die Lippe, als er den Kopf senkte. Und sie verlor alle Beherrschung, als er seine Zunge über sie strich, um sie zu schmecken.

Sie ließ sich wieder auf das Bett sinken, spreizte ihre Schenkel so weit sie konnte und bereitete sich auf die

Explosion vor, die mit Sicherheit kommen würde. Jedes Lecken seiner Zunge war wie der Schlag eines Zählwerks, die altmodischen mit kleinen Zahlen, die umsprangen.

Ein Strich seiner Zunge.

Noch einer, diesmal von ihrem Innersten bis zu dem Bündel bebender Nerven, auf das er sich konzentrieren sollte. Tessa grub ihre Finger in seine Haare und versuchte, ihn an einer Stelle festzuhalten, aber er lachte und stieß seine Zunge tiefer in ihren Körper hinein und summte, während er sie trank.

Er schien so beschäftigt zu sein, dass es sie schockierte, als sie noch eine Berührung spürte. Sie spähte mit halb geschlossenen Augen, um zu sehen, was mit dem erstaunlichen Gefühl einherging.

Er hatte seine Handfläche über ihren Unterbauch ausgebreitet, seinen Daumen auf ihrer Klitoris. Während er weiter leckte, streichelte er sie, und die engen Kreise konzentrierten sich auf ihren Auslöser.

Tessa stöhnte seinen Namen, als sie kam, und keuchte, als er nicht aufhörte, sondern weitermachte, bis ihr vom Pulsieren in ihrem Innersten und dem Luftmangel durch das Keuchen schwarz vor Augen wurde.

Mark richtete sich gerade so weit auf, dass er sein Hemd ausziehen konnte, und die Schrift auf seiner Brust ließ sie laut lachen. „Ich kann nicht glauben, dass du das zugelassen hast."

Er zog seine Hose und Boxershorts aus und kroch in seiner ganzen nackten Pracht neben sie. Er ergriff ihre Hand und drückte sie auf die dicken blauen Linien. „Es ist wahr. Ich gehöre dir."

Noch nicht ganz, aber fast. Tessas Katze sonnte sich in dem Gefühl, glücklich über die Orgasmen, doch sie wollte alles. Sie schob ihre Hand zwischen ihre Körper und schloss ihre Finger vorsichtig um ihn, genoss den Kontrast von hartem Schaft und weicher Haut. „Keine Kondome."

Er schüttelte den Kopf. „Wie du willst. Als Wandler sind wir sicher, aber ..."

„Ich bin eine Katze. Ich kann im Moment nicht schwanger werden." Er verdrehte die Augen, als sie ihn streichelte und mit der Stärke des Drucks und der Geschwindigkeit spielte.

Mark packte sie am Handgelenk. „Nicht."

Wow. „Wie redest du so durch deine Zähne?"

Er grinste und beugte sich vor, um sie zu küssen, bis ihr ganzer Körper prickelte. Er rollte sich auf sie und schob ihre Schenkel mit seinen Knien auseinander.

„Sieh mich an!", befahl er.

Tessa starrte ihm in die Augen, als sein Schwanz zwischen ihre Falten glitt. Hitze und Druck und noch etwas anderes drangen in sie ein, eine sinnliche Reizüberflutung. Ein Gefühl, genau richtig zu sein.

Zu ihm zu gehören.

Zusammenzugehören.

Mark war bis zum Anschlag in ihr. Tessa schlang ihre Beine um seine Taille und stöhnte genussvoll.

„Das. Das ist nur ein Teil davon." Mark zog sein Becken so langsam zurück, dass sein Schwanz sie neckte, während er die perfekten Stellen im Inneren rieb. Er schaukelte nach vorn, und sie keuchte, gezwungen durch die Tiefe seiner Inbesitznahme.

Die ganze Zeit, die er sie nahm, beobachtete er sie. Sein Blick wanderte über ihr Gesicht, ihren Oberkörper. Er schien sie sich hungrig einzuprägen? Was auch immer es war, Tessa brannte lichterloh. So etwas hatte es noch nie gegeben. Etwas, das tiefer als eine körperliche Verbindung war, hüllte sie ein. Zog sie aneinander.

Mark küsste sie, ohne einen Stoß zu verpassen. Jetzt stieß er härter zu, und sein Atem strömte an ihrer Wange vorbei. Sein Schwanz war pure Lust, mit der er sie immer wieder nahm. Tessa wand sich, um ihn intensiver zu spüren, drückte ihre Schenkel und grub ihre Fersen in seinen Po, bis die Geräusche ihrer Körper durch den Raum hallten. Keuchende Atemzüge, fiebrige, klatschende Bewegungen.

Ein blendender Strom von Verlangen brach in ihrem Inneren aus, pulsierte um ihn herum und drängte ihn zu seinem Höhepunkt. Mark senkte seine Zähne auf ihren Hals und biss zu und ...

Da war kein Feuerwerk, keine wirbelnden Lichter. Es war, als wäre sie aus gewaltiger Höhe geworfen worden, wohl wissend, dass es ein Sicherheitsnetz gab, um sie aufzufangen. Mark war das Netz. Mark würde immer da sein, um sie aufzufangen. Freier Fall, ein Sturm der Erregung, der ihre Katze zum Schaudern brachte und ihren Menschen seine Schultern zu umklammern und sich gegen ihn zu wiegen.

„Das war total abgefahren ..."

Sie hatte es laut aussprechen wollen, aber ihre Ohren hörten die Worte nicht.

Mark reagierte jedoch, als hätte sie gesprochen. Jeder seiner Muskeln war angespannt, seine Zähne waren in ihrem Hals, so wie sein Schwanz zwischen ihren Beinen vergraben war. Er zuckte, und die letzten Explosionen seines Orgasmus schossen aus ihm, während er stöhnte.

„Tessa, oh verdammt, ich kann es nicht fassen."

Sie war zu befriedigt, um vor Begeisterung zu hüpfen. *„Whoa ... ich kann dich in meinem Kopf hören."*

Mark leckte sie. Presste seine Lippen auf die Stelle, von der Wellen ausstrahlten, die darauf hindeuteten, dass gerade etwas ... anderes ... passiert war. *„Gefährtenbindung. Das ist sie. Du gehörst mir."*

Tessa schmiegte sich an seinen Kopf, bis er sich weit genug drehte, dass ihre Lippen sich trafen. Es schien der richtige Moment für einen Kuss zu sein. *„Ich denke, das bedeutet, dass du mir gehörst. Schließlich bist du derjenige, auf dessen Brust es geschrieben steht und so."*

Mark kicherte gegen ihre Lippen. „Semantik."

Sie schüttelte ernst den Kopf. „Auf keinen Fall. Für eine Katze? Bedeutet Eigentum alles. Du gehörst *mir*." Tessa wiegte ihre Hüften und stellte begeistert fest, dass eine weitere der Geschichten, die sie über Wölfe und ihre Gefährten gehört hatte, kein Märchen war. „Hmm, du bist schon wieder hart."

„Das habe ich auch bemerkt." Mark seufzte müde. „Ich schätze, wir müssen einfach von vorn anfangen und uns mehr anstrengen."

Tessa lachte, bevor sie seinen Kopf in die Hände nahm. „Ich bin unglaublich froh, dir zu gehören. Und ich werde dich mit der Zeit immer mehr lieben. Wenn du damit einverstanden bist."

Sein Grinsen allein hätte als Antwort ausgereicht – sie lernte schnell und hatte herausgefunden, dass es wichtig war, auch auf das zu hören, was er tat.

Dennoch konnte sie nicht leugnen, dass die Worte, die er durch ihre Gefährtenbindung flüsterte, sie erregten.

„Dein Wunsch ist mir Befehl ..."

10

———

Dezember

Mark nickte dem Rudelkameraden zu, der durch den offenen Haupteingang kam. „Nach oben. Zweiter Stock. Bring die Schüssel in die Küche, und der Baum ist im Gemeinschaftsbereich."

Er steckte für einen Moment seinen Kopf ins Freie. Der Nordwind, der über die hohen Schneeverwehungen heulte, machte ihn noch dankbarer für die Wärme des Dampfers hinter ihm. Er rannte die Treppe hinauf und stürmte in den vollen Gemeinschaftsbereich. Das Summen fröhlicher Gespräche und Gelächter wetteiferte mit Weihnachtsliedern und dem Knistern des Feuers.

Tessa kam durch den Raum an seine Seite geeilt. Sie drückte ihm einen Kuss auf die Wange und umarmte ihn so selbstverständlich, dass er zufrieden seufzte.

„Sind das alle, die du eingeladen hast?" Er sah sich im Raum um. „Sieht so aus, als wäre das ganze Rudel hier."

Sie neigte den Kopf zur Seite. „Eure Hochwohlgeborenen hatten andere Verpflichtungen und konnten nicht kommen, aber ja, ich denke, fast alle anderen sind da. Schöne Beteiligung an unserer ersten Soiree."

„Du hast das ganz unglaublich gemacht. Danke, dass du meinem Rudel zeigst, dass sie willkommen sind."

Sie strahlte ihn an. „Sie sind jetzt auch mein Rudel."

Und das waren sie. Irgendwie war es ihr gelungen, sie alle zu verzaubern. Ob es etwas mit der Tatsache zu tun hatte, dass er und Tessa eindeutig Gefährten waren, oder mit der Art und Weise, wie sie sich weigerte, vor Ärger den Schwanz einzuziehen, alles hatte gut geklappt. Im Rudelhaus hatte es ein paar Machtdemonstrationen gegeben, aber Tessa hatte dabei nie ihren Sinn für Humor verloren.

Den Wölfen gefiel das.

Tessa stieß ihn noch einmal an. „Danke, dass du meinen Bruder eingeladen hast, Weihnachten mit uns zu verbringen – er hat richtig Spaß."

Sie deutete auf eine Ecke, in der der große blonde Puma über einen Sessel drapiert thronte und teilweise von den Wölfinnen verdeckt wurde, die ihn umschwärmten. Noch unglaublicher war, dass sich auch ein halbes Dutzend männlicher Singlewölfe dort versammelt hatten, von denen keiner drohte, Tony in Stücke zu reißen, weil er auf ihrem Gebiet wilderte.

Mark schüttelte ungläubig den Kopf. „Wie kann er damit durchkommen? Ich bin überrascht, dass niemand angedroht hat, eine tiefe Gletscherspalte zu finden und ihn reinzuwerfen."

Tessa zuckte mit den Schultern. „Er hat einen ganz gewissen Charme."

Mark hielt seine Gefährtin fest und sah sich zufrieden um, erstaunt darüber, welchen Unterschied ein paar Monate machen konnten.

Sie hatten den Raddampfer nicht nur in ein B&B verwandelt, sondern auch ein Zuhause daraus gemacht. Und sie hatten es zusammen geschafft.

Der lange Tisch, den Tessa entworfen und er gebaut hatte, schmückte den Bereich vor den großen Fenstern, und die Lichter auf dem Balkon funkelten vor der Dunkelheit des Dezembernachthimmels. Rechts, vor dem Feuer, schaukelte Gramps träge in seinem Schaukelstuhl und herrschte souverän über eine Schar seiner Freunde.

In der Küche hatte sich nicht viel verändert, außer, dass sie jetzt voller Wölfe war, die alle mit Essen und Getränken beschäftigt waren – die Art von Gelächter und Lärm, die er im Rudelhaus oft erlebt hatte, aber selten hier.

Zumindest bis Tessa in sein Leben gekommen war.

Er drückte sie fester an seine Seite und es gefiel ihm, dass sie da war. Wo sie hingehörte. Bei ihm.

„Ich brauche deinen Rat in einer Sache." Sie zog ihn in Richtung Küche, lächelte den Wölfen zu und nahm ihre Neckereien gutmütig auf. „Los, Fido, aus dem Weg!"

Sie versetzte Keri einen Hüftstoß. Allerdings sanft, aus Rücksicht auf den wachsenden Bauch ihrer besten Freundin.

Keri schüttelte den Kopf und bewegte ihren wachsenden Umfang zur Seite. „Wenn mein Gefährte hört, dass du mich schon wieder blöd angemacht hast, wird er dir die Hölle heiß machen."

Tessa nahm ein Tablett mit Keksen von der Arbeitsfläche und bot Keri einen an. „Das ist eine leere Drohung, und das weißt du. Dein Gefährte liebt mich. Alle Granite Lake-Wölfe lieben ihr Katzen-Maskottchen."

Keri nahm einen Keks und betrachtete ihn misstrauisch. „Ähm, ja. Gut, du hast recht. Du hast es geschafft, alle anderen einer Gehirnwäsche zu unterziehen und sie glauben zu machen, du wärst das Größte seit ..."

„Flohhalsbändern?"

Mark schnaubte und überspielte seine Belustigung, zumindest bis Keri mit hochgezogener Augenbraue einen Keks in seine Richtung hob. „Hast du gesehen, was deine Gefährtin zu Weihnachten gebacken hat?"

Der süße Keks hatte die Form eines Knochens.

Tessa ließ das Tablett sinken und lächelte. „Das ist Erdnussbutter mit extra Crunch. Gut für deine Zähne."

Mark warf einen Blick auf die Kücheninsel und betrachtete sie genauer. „Was zum ...?"

Alle Servierschüsseln waren Hundenäpfe.

Er schüttelte den Kopf. Irgendwann würde seine Gefährtin es zu weit treiben. Aber andererseits schien es seinem Rudel Spaß zu machen, Gleiches mit Gleichem zu vergelten.

„Hey, Tessa", rief TJ aus dem Wohnbereich. „Ich habe dir eine Dekoration mitgebracht!"

Er hielt eine Handvoll glitzerndes Lametta hoch und schüttelte es in der Luft.

Tessa sprang auf, rannte durch den Raum und blieb kurz vor seinem Rudelkameraden stehen. Sie drehte die Finger hinter ihrem Rücken. „Ich hoffe, du hast vor, mir das zu geben, sonst ist das gemein."

TJ lachte und reichte ihr die Hälfte, ging zum Baum und half dabei, die glitzernden Streifen darüber zu drapieren.

Mark sah zufrieden zu, wie seine Gefährtin durch den Raum wanderte, mit einigen plauderte und andere neckte. Sogar die Spannung zwischen Linda und Tessa war während einem jetzt regelmäßigen Mädelsabend-Ritual verschwunden, das Tessa ins Leben gerufen hatte und viel zu viel Alkohol, Lachen und schmutzige Witze umfasste.

Zumindest hatte er das gehört. Er hatte noch nie einen Mädelsabend gesehen, da er in diesen Nächten aus dem B&B verbannt wurde.

Ihr Blick fing seinen auf, und obwohl sie sich auf unterschiedlichen Seiten des Raums befanden, war es, als wären sie direkt da. Verbunden. Eins.

„Hast du Spaß, Sweetheart?", fragte Mark.

Sie rührte sich nicht von ihrem Platz neben seinem Großvater. *„So viel Spaß wie eine Katze im Hühnerstall."*

Er schnaubte in Gedanken. *„Du meinst eine Katze in einem Zwinger, nicht wahr?"*

Sie grinste. *„Warte, bis Pam ihr Geschenk auspackt – ich habe ihr ein wirklich cooles Hundehalsband gekauft."*

Mark runzelte die Stirn. *„Aber Pam ist ein Mensch ... oh."* Er warf einen Blick auf TJ und lachte. Eines war sicher: Tessa war eine Stimmungskanone.

Das Feuer war zur Glut heruntergebrannt. Reste von Geschenkpapier lagen am Boden verstreut und lugten unter der Couch hervor. Tessa lehnte sich an Marks Brust und seufzte glücklich. „Das war eine tolle Party, wenn ich das mal sagen darf."

Als Antwort summte ihr Gefährte nur, also drehte sie sich zu ihm um.

Mark öffnete ein Auge. „Ja, großartig. Jetzt können wir in die Faulenzer-Entspannungs-Saison übergehen, richtig?"

Sie sah ihn mit gespielter Empörung an. „Faulenzer? Heißt das, du hast keine Lust, weiter zu renovieren?"

Er stöhnte, während er sie an seinen Körper zog und sie

sich an ihn schmiegte. „Wir sind fertig, Sweetheart. Das Boot ist bereit für den Frühling. Wir haben schon die ersten Buchungen vor, die Möbel sind auch fertig. Wir haben Monate, bis die ersten Leute kommen. Es ist auf jeden Fall an der Zeit, uns zu entspannen."

Tessa spielte mit seinen Knöpfen. „Wenn du darauf bestehst."

Er lachte. „Wie wäre es, wenn wir zu den Tagen zurückkehren, als du etwa zwölf Stunden am Stück geschlafen hast? Davon könnte ich jetzt ein paar gebrauchen."

„Du weißt, dass das nicht passieren wird." Tessa bemühte sich, ihn nicht zu stupsen. „Und es ist nicht schön, dass du das wieder ausgraben musst. Ich wusste nicht, dass meine Katze dafür verantwortlich war."

Er hob ihr Kinn und küsste sie langsam und bewusst, als ob er es absolut ernst damit meinte, alles langsamer angehen zu lassen.

Sie hatte kein Problem damit. Er war ein zu guter Küsser, und diese schöne Ablenkung machte sie viel zu glücklich, um sich zu beschweren. „Ich liebe dich."

Mark brummte vor Freude über ihre Worte.

Die Tatsache, dass sie es mit vollkommener Ehrlichkeit sagen konnte, war ein kleines Stück vom Himmel. Er schien dieser Worte auch nie müde zu werden, selbst wenn sie es wiederholte.

Sie strich mit ihren Lippen über seine Wange und sagte es nur laut, um ihren Worten Nachdruck zu verleihen. „Ich liebe dich von innen und außen. Ich liebe dich, ich liebe –"

Er drückte seinen Mund auf ihren, und diesmal war nichts Langsames an seinem Kuss.

Als sie endlich Luft holten, waren sie nackt.

Seltsam.

Tessa presste ihren nackten Körper an seinen und genoss es, wie die Hitze des Feuers und das rosarote Licht sie einhüllten, während sie sich auf dem dicken Teppich niederließen.

Sie waren nun schon seit Monaten Gefährten, und die Verbindung, die sie hatten, wurde immer besser. Gott sei Dank für Freunde, die nicht die Klappe halten konnten, und Gefährten, die nicht aufgaben.

Mark streichelte ihre nackte Schulter, scheinbar genauso fasziniert vom Feuerschein wie sie. „Ja, deine Katze wusste die ganze Zeit, dass wir zusammen sein sollten. Mit all dem Zusammenrollen und Dösen hat sie versucht, deine menschliche Seite davon zu überzeugen, langsamer zu machen und zu akzeptieren, was sein soll. Habe ich in letzter Zeit erwähnt, wie sehr ich deine Katze mag?"

Tessa wehrte sich nicht gegen den Drang. Sie wandelte spontan, was bedeutete, dass er plötzlich einen Puma an sich drückte.

Er erschrak nur kurz. „Sehr lustig."

„Nun, du hast gesagt, dass du meine Katze magst ..."

Er wehrte sich nicht, als sie ihm über das Gesicht leckte – eine Art soziale Fellpflege – und etwas tief in ihrer Katzennatur befriedigte. Dann, während er noch lachte, wandelte sie zurück und begann, die menschliche Seite von beiden zu befriedigen.

Gefährten. Wer hätte gedacht, dass sie so viel Spaß machen könnten?

EPILOG

Im darauffolgenden Juni

Mark hielt auf einem der Eigentümerparkplätze ein und lachte, als ihm auffiel, dass auf seinem Schild erneut ein zusätzlicher Vermerk angebracht war.

Sein Kätzchen mit dem schrägen Sinn für Humor hatte wieder einen Markierstift benutzt, nachdem sie den Parkplatz fertiggestellt hatten. Diesmal war Tessa direkt zur Sache gekommen, anstatt sowas wie *„Keine Bären erlaubt"* oder *„Wuff, wuff, wuff"* mit einem kleinen Sternchen dahinter und dem Hinweis, dass das Marks Parkplatz war.

Heute stand da in Großbuchstaben:

GUTER JUNGE

Sie hatten sich bewusst dafür entschieden, das B&B nicht an jedem Tag der Saison auszubuchen. Tessa hatte vorgeschlagen, Lücken zu lassen, und wie bei allen anderen Vorschlägen seiner Gefährtin war Mark gern bereit, sie umzusetzen. Im Kalender gab es eine durchgezogene Linie, die durch eine Woche im Juni und eine im September lief, und obwohl sie Einnahmen verlieren würden, hatte Tessa darauf bestanden, dass diese Woche zum Durchatmen und um ihre gemeinsame Zeit zu genießen wichtig sei.

Die Tatsache, dass sie vorschlagen konnte, eine Verschnaufpause einzulegen, war an sich schon ein Wunder.

Aber die zusätzlichen Autos auf dem Parkplatz und der Lärmpegel, als er die Treppe hinaufging, sagte ihm, dass er wenig Zeit mit ihr allein haben würde, zumindest nicht für eine Weile. Nachdem er ihr vor vier Stunden einen Abschiedskuss gegeben hatte, um Jared beim Vorbereiten des Zimmers für das Baby zu helfen, das jetzt jeden Tag kommen könnte, war offensichtlich eine spontane Party ausgebrochen.

Aber wie Mark in den letzten Monaten erfahren hatte, war jetzt überall Party angesagt, wenn Tessa involviert war.

Mit den Stimmen kamen auch die Gerüche, und während er schnell weiter die Treppe hinaufging, erkannte Mark, wen er mitten am Tag in seinem Haus finden würde. Keri war dort, zusammen mit den meisten anderen Frauen in Führungspositionen des Rudels. Ziemlich schnell hatte sich herausgestellt, dass Tessa ein Gefühl für das Erlernen der Gebärdensprache hatte, und sie und Robyn waren jetzt beste Freundinnen.

Auch wenn er ehrlich sein und zugeben musste, dass Tessas Interpretationen dessen, was Robyn sagte, manchmal etwas zu wünschen übrig ließen.

Tessa hatte also Besuch von den Frauen des Rudels. Er grinste. Er freute sich, dass auch sein Rudel sie liebte.

Und tatsächlich wurde Mark am oberen Ende der Treppe von einer Horde von Kindern umzingelt. Die sechs Frauen hatte ihre Welpen mitgebracht, und als er über das Babygitter kletterte, das sie am oberen Treppenabsatz installiert hatten, war er von Zwergen umgeben, die alle begeistert seinen Namen riefen.

Mark ging auf die Knie und streckte die Arme aus, während er mit gespielter Sorge jammerte. „Oh nein, ich werde von Wölfen angegriffen."

Alle kicherten, als mindestens sieben Welpen in seine Arme und auf seinen Rücken sprangen. Jamie, der Sohn der Omegas, kletterte wie eine Katze auf seine Schultern und hielt dann Marks Ohren wie Zügel.

Mark packte den kleinen Kerl an den Handgelenken, um zu verhindern, dass er ihm an den Ohren riss. „Hey, Cowboy. Die sind angewachsen."

„Kekse sind fertig." Die Ankündigung hallte durch den Raum und die wilde Horde ließ von Mark ab, um sich auf süßere Weiden zu begeben.

Er warf einen Blick in die Küche und entdeckte Missy, eine der Omegas. Sie lächelte ihn an.

Mark klopfte sich die Knie ab und ging zu ihr. „Danke für die Rettung."

Sie hielt ihm ein paar Kekse hin. „Tut mir leid, wenn mein Sohn ein bisschen zu begeistert war", sagte sie.

„Gibt es was Besonderes, wobei ich störe?", fragte Mark.

„Nicht wirklich." Ihr strahlendes Lächeln verblasste leicht. „Oops. Jemand ist nicht glücklich."

Sie sahen sich beide um und Mark konzentrierte sich innerhalb von Sekunden auf seine Gefährtin. Durch ihre Verbindung war es leicht, sie aufzuspüren, und sein Blick wanderte sofort zu der Stelle, an der sie in der Ecke des Raumes Hof hielt. Eine Gruppe von drei alten Männern, darunter auch Gramps, starrten alle aufmerksam auf ihre Karten, während Tessa und Robyn sich einen Showdown lieferten.

Keine der Frauen lächelte.

Oh-oh. Der Todesblick auf Robyns Gesicht ließ erkennen, dass etwas nicht stimmte, oder etwas *wirklich* nicht stimmte.

„Ich kümmere mich drum", sagte er zu Missy. „Sorg dafür, dass die Kavallerie sich nicht einmischt."

Er schlenderte langsam aus der Küche, um zu vermeiden, die Aufmerksamkeit auf die Situation zu lenken, während er eigentlich so schnell wie möglich zu seiner Gefährtin wollte. Sobald er dazu in der Lage war, legte er eine Hand auf Tessas Schulter und beugte sich hinunter, um sie seitlich an ihrem Hals zu streicheln. „Benimmst du dich, Sweetheart?"

Robyn hob die Hände und gebärdete schnell – eindeutig eine Beschwerde, doch das meiste davon verstand Mark nicht.

Tessa übersetzte. „Sie sagt *I'm never gonna give you up. Never gonna let you down. Never gonna run around or desert you.*"

Robyn zögerten für einen Moment, bevor sie ausladender gebärdete, als würde sie deutlicher sprechen.

„*Never gonna make you cry, never gonna say goodbye –*"

Mark hielt Tessa den Mund zu und unterdrückte sein Lachen. „Du hast uns nicht gerade gerickrollt."

Sie blinzelte unschuldig. „Was ich meinte ist, dass Robyn sagt, ich bin die beste kleine Katze auf dem Planeten."

Die Alpha-Wölfin verschränkte die Arme, neigte den Kopf zur Seite und starrte sie finster an. Eis in ihren Augen.

„Oder ... sie könnte gesagt haben, dass sie der Meinung ist, dass ich schummle. Sie sehen sich sehr ähnlich, die Zeichen für diese beiden Dinge."

Daraufhin hoben die drei alten Männer am Tisch den

Blick von ihren Karten zu Mark und nickten ernst, bevor sie wieder auf die Karten starrten.

Nur Gramps hatte kaum merklich gezwinkert, bevor die wogende Kraft einer gereizten Alpha-Wölfin seinen Kopf wieder nach unten zwang.

Mark war dankbar. Erstens war Robyn nicht sauer auf *ihn*. Zweitens für die Tatsache, dass seiner Gefährtin gleich die Leviten gelesen würden, und dass sein Wolf bereit war, für sie gegen *jeden* anzutreten, notfalls auch gegen ihre Alphas.

Das waren die einzigen Gründe, warum er stark genug war, stehenzubleiben und einen Vorschlag zu machen. „In der Küche gibt's frische Kekse – noch warm. Warum macht ihr Männer nicht eine Pause von den Karten?"

Drei leere Stühle blieben, als Gramps und seine beiden Freunde auf sichereres Gelände in der Nähe von Missy und den warmen Keksen verschwanden.

Mark hielt Robyn einen seiner Kekse hin. „Der ist für dich."

Robyn blickte immer noch finster drein, aber ihre Nase zuckte. Sie stieß einen tiefen Seufzer aus, bevor sie Tessa mit dem Finger wackelte und Marks Angebot annahm.

„Hast du auch einen Keks für mich mitgebracht?", fragte Tessa süß.

Mark ließ sich neben ihr auf einem Stuhl nieder und legte eine Hand um ihren Nacken, für den Fall, dass sie sich entschloss, wegzurennen, bevor sie fertig waren. „Tessa. Vergiss die Kekse. Warum hast du geschummelt?"

Sie schnappte empört nach Luft und stemmte die Hände in die Hüften.

Er warf ihr einen weiteren Blick zu. „Wenn Robyn denkt, dass du geschummelt hast, hast du wahrscheinlich auch geschummelt." Mark warf der Alpha-Wölfin einen entschuldigenden Blick zu, bevor er sich wieder seiner Gefährtin zuwandte. „Nicht weil ich ihr mehr vertraue als dir, sondern weil sie … Robyn ist."

Tessa schnaubte, aber sie nickte.

Mark fuhr fort. „Aber das weiß ich auch. Ich bin mir sicher, dass du aus einem sehr, sehr guten Grund schummelst."

Seine Gefährtin stieß einen tiefen Seufzer aus und wandte sich dann Robyn zu. „Er ist gemein. Er wird mich zwingen, zuzugeben, was ich getan habe."

Robyns Stirn hob sich himmelwärts, als sie „verdammt richtig" gebärdete.

Tessa warf einen Blick über die Schulter, bevor sie von ihrem Stuhl aufstand, auf die andere Seite des Tisches rutschte und ihre Stimme senkte. Sie gebärdete zu ihrer leise gesprochenen Erklärung. „Ich *habe* geschummelt, aber nur, weil …"

Sie bückte sich kurz, bevor sie aufstand und einen dicken Stapel Karten über die Tischplatte schob. Asse, Könige und Damen – weit mehr als normalerweise in einem normalen Kartenspiel zu finden sind – starrten sie einen Moment lang an, bevor Tessa sie schnell zusammenschob und versteckte.

„Tessa?" Mark wollte seinen Augen nicht trauen. „Wo waren diese zusätzlichen Bildkarten? Wer hat sie da versteckt?"

Robyns Lippen zuckten für einen Moment, bevor sie vor Lachen prustete, vom Tisch aufstand und Tessa in die Arme zog. Sie trat gerade weit genug zurück, um Tessa kurz über den Kopf zu streichen, bevor sie zu schnell gebärdete, als dass Mark sie verstehen konnte.

Tessa lächelte und tat so, als würde sie ein Schloss an ihren Lippen umdrehen, dann warf sie den Schlüssel weg.

Robyn klopfte Mark auf die Schulter und ging dann zu den anderen in die Küche.

Kein Ärger, gut. Nicht, dass Mark wirklich wusste, was gerade passiert war, und das war ziemlich normal. Sein Leben war ein einziger Wirbelsturm, und er wollte es nicht anders. Aber trotzdem ...

„Tessa? Willst du es mir erklären?"

Sie schmiegte sich unter seinen Arm, kuschelte sich an seinen Körper und sagte leise. „Gramps hatte einen schlechten Tag und ich habe versucht, ihn zum Lächeln zu bringen. Keiner der Jungs kann besonders gut mischen, also haben Robyn und ich uns für sie abgewechselt und ich habe zusätzliche Karten in den Stapel geschmuggelt, damit er bessere Karten hatte."

„Du hast geschummelt, damit Gramps gewinnt?"

„Mh-hm."

„Falschspieler. Oh, Sweetie, das war nett von dir, aber keine gute Idee. Was, wenn das die anderen Spieler unglücklich gemacht hat?" Er runzelte die Stirn. „Warte. Aber das erklärt nicht die zusätzlichen Karten, die unter dem Tisch versteckt sind."

Tessa zuckte mit den Schultern. „Dein Grandpa hat nette Freunde. Jedes Mal, wenn sie beim Einsammeln der Karten geholfen haben, haben sie die Extrakarten rausgenommen und versteckt, damit Robyn es nicht bemerkt."

Seine Gefährtin war ausgesprochen gründlich, wenn sie sich in Schwierigkeiten brachte. „Also war die Einzige, die am Tisch nicht geschummelt hat ... Robyn?"

Tessa grinste. „Es ist okay. Sie hat mir nur gesagt, dass sie mir vergibt, solange ich es nicht nochmal mache – und solange ich ihr Partner bin, wenn wir das nächste Mal Canasta spielen."

Mark lachte und drückte einen Kuss auf ihre Lippen, während sie ihre Arme um ihn schlang. Dann stand er mit seinem Glück im Arm da und sah sich zufrieden in seinem Zuhause um. Es war randvoll mit Familie, Freunden, Rudel und Tessa – seiner Geliebten, seinem Herzen und seiner Seele.

Er hatte alles und konnte sich noch auf so viel mehr freuen.

Seine Gefährtin schnurrte leise in seinen Armen, den Kopf auf seiner Brust. „Ich liebe es, ein Rudel zu haben", flüsterte sie. „Aber am meisten liebe ich es, dass du mein Ein und Alles bist."

Es war zu perfekt, um sich dagegen zu wehren. Mark schnurrte zurück.

Diese Serie unbeschwerter paranormaler Geschichten spielt in der Wildnis des Yukon und Alaskas. Die Geschichten folgen den Mitgliedern des Granite-Lake-Wolfsrudels und wie sie als Gestaltwandler mit Leben und Liebe umgehen.

Die Granite Lake Wölfe

Wolfszeichen

Wolfsflucht

Wolfsspiele

Wolfsspuren

Wolfskreuzfahrt

Wolfsbiss

Vivian lässt derzeit ihre vielen Serien übersetzen. Bitte besuchen Sie deren Website für alle aktuellen Informationen.

www.vivianarend.com/de

ÜBER DEN AUTOR

Mit über 3 Millionen verkauften Büchern ist Vivian Arend eine *New York Times*-und *USA Today*-Bestsellerautorin von mehr als 70 zeitgenössischen und paranormalen Liebesromanen.

Ihre Bücher lassen sich alle einzeln lesen und haben keine Cliffhanger. Sie sind witzig, aber auch emotional, es gibt heiße Szenen und glückliche Enden. Für Vivian ist das der beste Job der Welt. Sie lebt in British Columbia, Kanada, zusammen mit ihrem langjährigen Mann – der Inspiration für alle Helden und einem bereitwilligem Gefährten auf Abenteuern aller Art.

https://vivianarend.com/de